隠者
2
～錬金術で始める生産者ライフ～
あきさけ Illust.ヤミーゴ

スヴェイン
とてつもない錬金術の
知識と技術を持つ、
【隠者】の少年
アリア
スヴェインを慕い、
数多くの精霊と契約した
【エレメンタルマスター】の少女

エリナ
スヴェインたちに
家族を助けてもらい、弟子となった
【錬金術師】の少女
ニーベ
スヴェインたちに
助けられ、弟子となった
【魔術士】の少女

カーバンクル三匹による
三重隔離結界により、この応接室は
完全に隔離されました。

聖獣とともに歩む隠者
2
～錬金術で始める生産者ライフ～
あきさけ
Illust.ヤミーゴ

contents

Seijyu to Tomoni Ayumu Injya ✠ Vol.2

【プロローグ】【聖獣郷】

「スヴェイン様、夕食の時間です」

「ああ、ありがとう、リリス。もうそんな時間ですか」

「はい。また休憩なしに、ひたすら研究されていましたね？」

「あはは……とりあえず食堂に向かいましょう。アリアを待たせてもいけません」

「ごまかさないでいただきたいですが、待たせてはいけませんね。アリア様はアリア様で、ひたすら魔法の研究をなさっているご様子でしたが」

「そちらへは？」

「ラベンダーが呼びに行きましたので問題ありません。参りましょう」

僕はスヴェイン。

元グッドリッジ王国シュミット辺境伯嫡子です。

三年ほど前にある事件で国を出奔せねばならなくなり、いまは恋人のアリアと使用人兼護衛役のリリスの三人で、人の足では踏み入れない秘境にて暮らしています。

現在の趣味は錬金術をはじめとする様々な分野の古代技術を復元すること。

アリアは魔法関連の分野を中心に行っているので僕はそれ以外ですね。

「それにしても、この土地も賑《にぎ》やかになったものです。最初は私たち三人とウィング、ユニ、ワイズだけでしたのに」

「そうですね。そこにラベンダーの宿る家を見つけて拠点とし、四神のみんなも合流。そのあとは環境整備を行っていく間に、他の聖獣たちが続々やってきましたから」

「ええ。最初にやってきたのは……どなたでしたでしょうか？」

「僕も覚えていません。いまとなっては契約聖獣すら数え切れないほどいますからね」

はい、この三年の間に僕たちが住むようになった土地には、数多くの聖獣たちが集まってきました。

最初に来たのが誰だったのかは本当に思い出せませんが、僕が契約していた聖獣たちがこの地を聖獣たちに取って住みやすい環境に変えていった結果、やってきたそうです。

最初の訪問者がやってきたのは、この土地に暮らし始めてから一カ月後くらいだった気がしますが、そのあとは引っ切りなしに訪問者がやってきてこの地で暮らし始めました。

そうして聖獣たちが訪れるたびにそれぞれ住みやすい環境を整えていくのでこの土地はどんどん住みよい土地となり、聖獣たちの集う場所となっています。

更に、それらの聖獣たちの多くは僕との契約を望み、僕もそれを受け入れ続けたので契約聖獣の数も種類も半端なものではなくなってしまいました。

この地にやってくるのが楽そうな空を飛ぶ聖獣を始め、大地を駆ける聖獣や水中を住処《すみか》にする聖獣たちまで本当に多種多様、僕が一声かければ大抵のことはできてしまいます。

そして、僕が契約した聖獣たちに声をかけられ、契約していない聖獣たちもやってきているため、この地で暮らしている聖獣はもうすでに数えきれません。

この地も聖獣や上位竜のような高位存在からは、いつの間にか【聖獣郷】と呼ばれるようになっており、僕も【聖獣郷の主】として名が知れ渡ってしまいました。

時々、上位竜や最上位竜などが散歩ついでにやってきては、世間話をして行くのはここくらいでしょう。

僕もアリアもリリスもすっかり慣れてしまいましたが。

「それにしてもスヴェイン様。契約聖獣たちの顔ぶれも増えましたが、どうなさるおつもりですか？」

「どうもしませんよ。古代遺跡などを巡るために秘境を歩く時は、護衛としてついてきていただきますが、それ以外は自由に過ごしてもらいます。時々、訓練のために手合わせをしていただきますけどね」

「聖獣たちなら手加減も完璧ですが……ブレードリオンやブラストティガー相手の訓練は、見ていてあまり気持ちのいいものではありません。どちらの聖獣も、本気を出せば最上位竜を単騎で討伐できるのですから」

「マサムネもジェットも基本的に温厚ですよ。どちらも武人なので、誇りを汚されない限りは自分から手を出しません。それにあの二匹との訓練は、近接戦闘や高速戦闘の訓練にもってこいなんです」

マサムネとはブレードリオンに与えた名前です。

ブレードリオンは尾が片刃になっている白い獅子《しし》型の聖獣。

マサムネはその中でも〝完全成体〟と呼ばれる成長しきった個体で、その大きさは体高だけでも二メートル以上、体の長さは五メートル以上になります。

もちろん尾も長く刃が三メートル以上もあり、その切断力も見かけ倒しなどではありません。

対するジェットはブラストティガーに与えた名前です。

ブラストティガーは鋭い牙を持った赤い体毛に黒い縞《しま》模様を描いた虎型の聖獣。

最大の能力は〝魔力を集中させて一瞬の間に数十メートルを移動する〟ことです。

その際には体当たりをするだけではなく、体の周囲に魔力の刃も発生させることができ、かなり攻撃的な性質を持った聖獣と言えるでしょう。

ジェットもまた〝完全成体〟であり、その体格もマサムネとほぼ同等。

普段はどちらも【聖獣郷】の草原地帯で暮らしているようですが、たまに手合わせをしているらしいです。

どちらの勝率が高いのかは僕も知りません。

その場を目撃している聖獣たちによれば、動きが速すぎて追いきれないのだとか。

周囲に被害を出さないよう気配りをしているそうですし、僕が側にいる時は絶対に手合わせをしないのですが、あまり無茶はしてほしくありませんね。

他の聖獣たちも時々手合わせなり、集団戦闘訓練なり、護衛訓練なりをしているそうです。

護衛訓練は僕たちのためでしょうし、手合わせは自分たちの腕が鈍らないためでしょう。

でも、集団戦闘訓練ってなんのためにやっているのでしょうか？

「リリスだって黒曜《こくよう》やオブシディアンと契約したでしょう？　なら聖獣の本質も理解しているでしょうに」

黒曜は至高の軍馬とも呼ばれる聖獣スレイプニル。

元々は僕と手合わせをしてみたかったようですが、それよりもリリスが気に入り手合わせをした結果、リリスを認めてリリスと聖獣契約することになりました。

オブシディアンはリリスの契約しているカーバンクル。

この地で暮らすようになったあと、いつの間にかプレーリーとレイクがカーバンクルの卵をひとつ持ってきてリリスに渡したのですよね。

リリスはその卵からカーバンクルを孵化《ふか》させて契約を結ぶことに成功、リリスのカーバンクルは黒い毛並みだったのでオブシディアンと名付けられました。

オブシディアンは普段からリリスの肩の上に、黒曜は草原地帯や荒野地帯を駆け回っているらしいです。

「それは理解しております。聖獣たちが悪意を持って接しない限りは気さくな隣人だということも。ただ、【聖獣郷】にはいろいろと世に出せないものも作られてしまいましたが……」

「〝農園〟や〝鉱脈〟のことは諦めましょう。あれのおかげで希少な素材が大量に使えるのも事実です。それに、ワイズに言わせれば物作り系の聖獣たちは理解不能だそうですから」

「私もその恩恵を受けておりますので強くは言いません。ですが、本当に聖獣たちは気ままです」

「聖獣たちに取って【聖獣郷】は暮らしやすく、自由に過ごせる場所のようですからね。ケンカもせず、自由に過ごしているのですからいいじゃありませんか」

「それだけ【聖獣郷】は聖獣たちに住みやすい土地ということなのでしょうか。スヴェイン様とアリア様がこの地に来たのも偶然ではないのかもしれません」

「そうですね。僕としてもアリアが安全に暮らせる地を見つけることができて助かりました」

「はい。スヴェイン様もアリア様も……もう少し訓練や秘境探索、研究などの手を休めていただければ文句ないのですが」

「それは諦めてください、リリス。この三年間で僕たちのライフワークになってしまったのですから」

「……結果としてスキルも人外レベルまで上がりましたが」

「それ、リリスもですからね？」

「わかっております。そろそろ食堂ですね」

「はい。どうやらアリアを待たせてしまっているようです。急ぎますか」

「かしこまりました」

今日は僕が地下の研究室で研究をしていましたからね。

移動距離も長く完全にアリアを待たせてしまいました。

リリスは先に厨房《ちゆうぼう》で配膳の準備をしている家精霊のラベンダーのところへ向かいましたし、僕はアリアと一緒に食堂の席で待っていましょう。

「アリア、お待たせしました」

「本当ですわ、スヴェイン様。もう少し早く来てくれてもいいのに」

「すみません、今日も研究がはかどってしまい」

「私もスヴェイン様のことを強くは言えないのですが……今日はどのような研究を？」

「先日行ってきた古代遺跡で発掘したエンチャントの復元です。復元には成功しましたが、少々扱いにくそうですね」

「どのようなエンチャントでしたか？」

「【瞬断】というエンチャントです。魔力を流している間、行動速度と武器の切れ味が飛躍的に向上するエンチャントですね」

「私ども向けではなくリリス向けですね」

「そうなります。次にリリス用の武器を作る時、このエンチャントも組み込みましょう」

「……私の武器がどんどん凶悪化するのも考えものなのですが」

どうやら配膳の準備を終え、やってきたリリスに聞かれてしまったようです。

こっそり組み込むつもりだったのに。

「構わないではありませんか、リリス。あなたは私どもを守る〝最後の砦《とりで》〟なのでしょう？　ならば、装備もそれに見合うものでなければ」

「いまの装備で敵わない相手などエンシェントドラゴンクラスの相手です」

「ではそれに備えてくださいませ」

「スヴェイン様……」

「まあ、そんなのと戦う時は僕とアリアだけで終わらせます。あの巨体には魔法の方が有効ですから。でも、念のためということで」

「……承知いたしました。主の作る装備です、ありがたく拝領いたします」

「……無理はしないでくださいね、リリス？」

「願わくはそのような相手とは二度と戦ってほしくはないのですが」

「リリスのお願いでも約束できませんわ。生態系を乱すところにエンシェントドラゴンが棲《す》み着いては厄介ですので」

「それはそうですが……」

「リリスお姉ちゃん。早くお料理を運ばないと冷めちゃうよ？」

　ここでしびれを切らしたのか、ラベンダーもやってきました。

　確かにこれ以上は料理が冷めそうですね。

「この話はいずれまたいたしましょう。スヴェイン様もアリア様も強くなりすぎ、できることの範囲が広がりすぎておりますので」

「そうですね。無理をしない範囲に自重します」

「無理をしそうになったら止めてくださいね、リリス」

「はい。それでは本日の夕食を」

　今日もまたラベンダーとリリスの美味《おい》しい夕食をいただきました。

　そのあとは……相変わらずアリアと一緒にお風呂に入り、寝るだけです。

　アリアは僕に髪を洗ってもらうのが好きらしく、いつまで経《た》っても別々にお風呂へ入ってくれません。

　もうお互い十三歳なのにいいのでしょうか？

　リリスも一向に止めようとしませんし……。

　外界から隔離された生活とはいえ、風紀の乱れは気になります……。

【第1章】隠遁生活からの脱却、交易都市コンソールへ

「あの、スヴェイン様。東にあるという人里に下りることは、許していただけますでしょうか？」

【聖獣郷】での隠遁《いんとん》生活も三年が経った秋のある日、アリアから意外な提案を受けました。

一体どうしたのでしょうか？

「アリア、なにかありましたか？　ここでの暮らしに不満でも？」

「いいえ、不満などございません。料理はリリスとラベンダーちゃんが作ってくれますし、服も聖獣たちが用意してくれます。ただ、ほんの少しだけ街の様子が気になって……」

『どうした？　アリアも人の温もりが恋しくなったか』

「いいえ、ワイズ。そういうわけでは……」

『なんじゃ、違うのか』

「……正直に申します。もう少し甘味がほしいのです。具体的には新しい果物を」

『そういうことならば早《はよ》う言え。ウィングやユニ、他の聖獣たちも、はりきって取りに行ってくるぞ？』

「ええと、ウィングもユニも他の聖獣たちだって、みんなスヴェイン様の契約聖獣ではないですか。それなのに私のわがままで果物を探しに行ってもらうなど……」

『むしろ喜んで行くと思うぞ？　契約聖獣たちは皆暇をしておるし、ウィングとユニも最近はお

前たちを連れて空の散歩をするくらいしかすることがないと不満を漏らしているほどじゃ』

あの二匹はそんなことまで言い始めましたか。

実際、常にこの家、〝ラベンダーハウス〟に留《とど》まっていますが、そこまで……。

「それはなんだか申し訳ないことを……」

『アリアが悪いわけではない。あの二匹が人との生活に馴染《なじ》みすぎておるのじゃ。本来、聖獣とは野山で暮らすのが普通。お前たちを連れて散歩することのみが楽しみという方がおかしいのじゃよ』

「それはそれでウィングとユニに申し訳ないですね」

「……果物がほしいなどと言い出した自分が恥ずかしいです」

『果物はともかく人の街に行くのも悪くはなかろう。お前たちが他人との交わりを断ってもう三年以上。たまには人里も悪くないじゃろう』

「そうですが……そんな簡単にいきますか？」

『下調べは済んでおる。東にある山を越えた先の都市は『交易都市』と呼ばれているそうじゃ。各地からさまざまな人やものが集まる、そういう都市らしい』

『交易都市』ですか、それはすごい。

どんなものがあるのか楽しみになってきました。

『その都市に行けば季節外れのもの以外は手に入るじゃろう。スヴェイン、毎日美味しい食事と眼福にあずかっているお礼に連れて行ってはどうじゃ？』

「眼福は余計です。連れて行くのは問題ありません。ただ……」

「ただ？」

僕は僕とアリアの傍《かたわ》らに立つリリスを見やり言いました。

「リリス、あなたも当然ついてきますよね？」

「当然です。スヴェイン様とアリア様を守るのが私の役目なのですから」

「そうなるとリリスの服装が問題になります。聖獣たちに頼んでリリスの旅装も作っていただきましょう」

「私の旅装？　いまの服装ではだめですか？」

「……あの、リリス？　私の目から見てもだめですわよ」

リリスの服装、つまりメイド服を着た女性を連れ歩く少年少女など、どこかの貴族の子女か豪商の子供しかいません。

そんな目立つ格好で行けば街に入る時点で確実に揉《も》めます。

リリス用に旅人風の服を作ってもらい、それを着て歩いてもらわねば。

「とりあえず聖獣へ指示は飛ばしました。アリア、三日ほど待ってください。リリスのカモフラージュ用の服と防具を作ってしまいます。それができたら出発です」

「わかりました。リリスも旅の間は旅装を着て歩いてくださいね」

「……私はメイドなのですが。主の命令ならば仕方がありません」

リリス、メイドであることに誇りを持っているのはわかりますが場所をわきまえなさい。

僕たちの素性が大っぴらにばれてしまうと、大問題になりかねないのですから。

「あれ、アリアお姉ちゃんたち、街に行くの？」

僕たちが話をしていたところにラベンダーがやってきました。

ラベンダーにもきちんと話をしておかねばなりませんね。

「ええ。少しの間の予定ですが行ってきます。ちゃんと帰ってきますから心配しないでくださいね、ラベンダーちゃん」

「うん！　それとね、私が知らない食材があったら買ってきてほしいな」

「ラベンダーちゃんの知らない食材ですか？」

「私、自分が取り込んだことのある食材しか作り出せないの。お料理の種類を増やすためにもお願いしたいな」

「うーん、私ではラベンダーちゃんの知らない食材がわかりませんね……」

「じゃあ街に着いたら私を召喚して！　そうすれば私が食材を確認できるから！」

「それがよさそうですわね。そういたします」

「お願いね、アリアお姉ちゃん。お姉ちゃんたちが出かける日はお弁当も用意するから！」

「わかりました。よろしくお願いします、ラベンダーちゃん」

「うん！」

ラベンダーの作り出せる食材が自身の取り込んだことがあるものだけとは知りませんでした。

あれだけの食材を生み出せるということは、先代主の時代に相当な種類を取り込んでいたのですね。

ともかく、僕たちの人里行きは決定です。

リリスの旅装は聖獣に依頼しましたし、僕は鎧《よろい》などを作りましょう。

護衛役が服しか着ていないのは、それはそれで目立ちますからね。

＊＊＊＊＊＊＊＊

「これが私の旅装ですか……レザーアーマーまで作っていただけるとは」

リリスの服装は本人のたっての希望から紺色の服になりました。

ローブまで紺色だと暗殺者に見えてしまうので、そちらは茶色で我慢してもらいましたが。

「護衛なのに鎧を一切身につけていないのはおかしいでしょう？　あと、赤の魔装剣も渡しておきますので身につけておいてください」

「〝装剣フレアスラスト〟ですか。下賜いただくのは光栄ですが、武器としての性能はスヴェイン様がお作りになった、バトルアックスやハルバートの方が上ですよ？」

「……リリスの身の丈サイズの武器をマジックバッグ以外で持ち歩こうとしないでください」

「護衛として威嚇《いかく》には持って来いですのに……残念です」

リリスってこういう人でしたっけ？

彼女もこの三年間で世間ずれしてしまっているような。

「それからこの鎧。普通のレザーアーマーに偽装してありますが、〝あの革〟を使っていますよね？　それからローブも」

「もちろんです。僕たちの護衛を務めていただくのですから、僕たちの装備並みに強固でなければ」

「では遠慮なく使わせていただきます。それで街まではウィングやユニ、黒曜を使うのでしたね」

「はい。昨日確認しましたが三匹とも普通の馬に擬態《ぎたい》できるようです。街道に着いたらそのまま普通の馬になってもらって一緒に街へと向かいましょう。馬具も用意してありますからね」

「かしこまりました。アリア様もラベンダーとの話が終わったようです」

「そのようですね。では合流しましょうか」

僕たちふたりはラベンダーと話をしていたアリアの元に向かいます。

アリアも旅装を整えており、準備は万全でした。

僕の装備は服こそ聖獣製に置き換わっていますが杖とローブは神具ですし、これ以上の装備はありません。

アリアの装備はローブをとあるものの革で作り直しました。

あと、魔法触媒は杖を使わずカーバンクルの指輪だけになっています。

彼女に言わせれば杖を持ち歩くのは邪魔だそうですし、いまの魔力量では並大抵の杖だと一回使っただけで砕け散ってしまうのだとか。

いざという時の近接用武器として腰にダガーも持たせていますし、問題ないでしょう。

「お待たせいたしました。これ、スヴェイン様とリリスのお弁当ですわ」

「ありがとうございます。ラベンダーはなんと？」

「不在の間も屋敷の管理をしっかりしていてくれるそうです。頼りになりますね」

「彼女にとっては本当の意味で住処ですからね。それではウィングたちに乗って出発しましょうか」

「はい。行きましょう」

「かしこまりました。道中の安全は保証いたします」

僕たちはそれぞれの騎獣にまたがり東の山越えを始めました。

さすがに聖獣といえども雲よりも高い山を越えるのには時間がかかり、およそ三十分の旅になりましたね。

そして、街から十分な距離を取った場所に透明化の魔法で姿を隠しながら着地し、三匹には普通の馬に擬態してもらいます。

『普通の馬かぁ。スヴェインと一緒にいるためとはいえ面倒だなぁ』

『仕方がないでしょう。聖獣が人の街になんて入れないもの』

『嫌ならウィングは帰るといい。我らだけでもスヴェインを守ることはできる』

『そんなことは言ってないだろう、黒曜。ともかく、交易都市とかいうところに向かうよ。ワイズも先行偵察に出てくれているみたいだしさ』

三匹の間でも話がまとまったようなので、僕たちは交易都市めがけて駆け出しました。

とはいえ三匹とも聖獣、本来の速度で走れば普通の馬でないことなどすぐにばれます。

なので、一般的な駿馬程度の速さで走ってもらいました。

そんな旅を一時間ほど続けたところ、ワイズから念話が届きます。

『スヴェイン、この先で二台の馬車がオウルベアに襲われておる。護衛についている者たちが戦っているが旗色は悪い。どうする？』

「ふむ。オウルベアは何匹ですか？」

『全部で三匹じゃ。このままではあと数分で護衛側が全滅じゃな』

「なるほど。アリア、リリス。この先で馬車がオウルベアに襲われているようです。どうしますか？」

「スヴェイン様、助けましょう！　見殺しになんてできません！」

「構わないのですか、アリア。僕らの力を一部でも見せれば、面倒ごとに巻き込まれる恐れもありますよ？」

「見捨てるよりは、はるかにいいです！　助けられる命は助けたいんです！」

「わかりました。リリスも構いませんね？」

「スヴェイン様とアリア様の判断に従います。オウルベアは全部で何匹でしょう？」

「三匹だそうです。ひとり一匹ずつ倒してしまいましょうか」

「かしこまりました。私が先陣を切ります。行きますよ、黒曜！」

『心得た！　ウィングとユニも続け！』

『言われなくとも！』

『スレイプニル相手でも後れは取らないわよ！』

僕たちは走る速度を一気に上げて駆け出します。

リリスはマジックバッグからバトルアックスを取り出しました。

それで一凪《ひとな》ぎにするつもりでしょう。

僕は……周囲に被害を出さないよう聖魔法を使いましょうか。

「スヴェイン様、見えて参りました！」

「リリスは一番手前にいる一匹を始末してください！　残り二匹は僕とアリアが片付けます！」

「承知いたしました。それでは！」

リリスと黒曜が更に加速して駆け出していきます。

さて、僕たちはどうしましょう。

「スヴェイン様、先にオウルベアの動きを止めます！　カンテラの灯火《ともしび》を！」

「わかりました！　幽玄のカンテラよ、魔の灯火を照らせ。《エンチャント・マジックアップ》」

僕の腰に付けていたカンテラが紫色の火を灯し、僕とアリアを照らし上げます。

それによって僕とアリアの魔力が高められました。

アリアは魔法を行使するみたいですね。

「《シャドウバインド》！」

オウルベアとその周囲の影からいくつもの腕が伸び、オウルベア三匹が絡め取られます。

《シャドウバインド》、影から触手を伸ばして相手の動きを封じる闇魔法ですね。

完全に動きを止められたオウルベアの内一番手前にいた一匹を、リリスが駆け抜けざまにバトルアックスで切断。

まずは一匹目が片付きました。

「スヴェイン様は一番奥にいるオウルベアを！　《ガイアランス》！」

「わかりました！　《セイクリッドブレイズ》！」

アリアの周囲から生み出された何本もの岩の槍《やり》が二匹目のオウルベアを撃破、三匹目のオウル

ベアも僕の生み出した浄化の炎で焼き払われて姿を消しました。

残されたのは三匹分の魔石とドロップアイテムのみ。

討伐完了ですね。

さて、僕たちもリリスと合流しましょう。

「……君たちは一体？」

「ああ、皆さんが襲われているところを見かけて救援に駆けつけただけです。お怪我は……してますよね。大丈夫でもありませんね」

「い、いや。助太刀感謝する。俺たちでは倒しきれなかった」

「いえいえ。僕たちも通りがかっただけですから」

＊＊＊＊＊＊＊

その勝敗が決したのはまさに一瞬だった。

俺たちが必死で戦っていたオウルベアを影から伸びた腕が絡め取り、動きを封じてしまったのだ。

「なんだ!?」

「誰の魔法!?」

「増援か!?」

なにが起こったのかはわからんがいまはそれどころではない。

格上であるオウルベアが三匹も相手、仲間にも重症を負った者がいる。

いまのうちに態勢を立て直し、反撃に出ないと……。

そう考えていた時、黒い馬が目の前を駆け抜け、オウルベアの一匹を両断していった。

なんだ、なにが起こっている⁉

そして、倒されたオウルベアがドロップアイテムに変わったとき、街道の先から岩の槍が幾本も飛んできて二匹目のオウルベアに突き刺さり、三匹目のオウルベアは白い炎に焼かれもがき苦しんでいた。

白い炎⁉

白い炎を巻き起こす魔法といえば、聖魔法しかあり得ない。

しかし、聖魔法はアンデッドや妖魔、呪いのような理外の相手以外には効果が薄いのは誰にとっても常識のはず。

それなのに目の前のオウルベアはその白い炎に焼かれ、数秒で姿を消した。

残されたのはオウルベア三匹分のドロップアイテムのみ。

なにが起こったのかは理解できんがともかく助かったようだ……。

そう安堵《あんど》したのもつかの間、黒い馬に乗った女性と青い馬に乗った少年、それから桃色の馬に乗った少女がやってきた。

「……君たちは一体？」

「ああ、皆さんが襲われているところを見かけて救援に駆けつけただけです。お怪我は……してますよね。大丈夫でもありませんね」

「い、いや。助太刀感謝する。俺たちでは倒しきれなかった」

「いえいえ。僕たちも通りがかっただけですから」

通りがかっただけにしては怪しい。

特に黒い馬に乗った女性の強さは異常だ。

我々がどうにもできなかったオウルベアを駆け抜けざまに一撃で倒してしまったからな。

だが、盗賊の類いならば姿を見せるはずもないし、オウルベアを一瞬で葬った魔法でいまごろ俺たちは皆殺しにされているはず。

この三人の雰囲気が場違いすぎてどうにも態度を決めかねるが、いまは友好的に接するべきか。

ともかく、いまは背後から襲われないように気をつけて仲間の治療をしなければ。

「リーダー！　手持ちのポーションだけじゃ治療ができない‼」

「なんだと⁉」

オウルベアに襲われて重症を負ってしまった仲間はふたり。

いまある手持ちのポーションはあいつに預けてあったものがすべてだし、助けることはできないか……。

「回復薬が足りなくてお困りのようですね」

「うわっ⁉」

仲間の状態に気を取られてしまい、少年の接近を許してしまった。

だが、持っている杖以外の武器は取りだしておらず、装備からして魔術師の人間が至近距離まで無防備に近づいてきたということは害意がないと判断するべきか？

「ポーション、よければお譲りしますか？」

「いいのか？　助かるが……」

「構いません。僕もたくさん作りすぎて困っていたところなんです。人助けに使えるなら本望ですよ」

「……わかった。言い値で買い取ろう」

仲間を助けられるかどうかの瀬戸際《せとぎわ》、足元を見られても仕方があるまい。

そう考えていたのだが……困った顔を浮かべているのは少年の方だった。

「うーん。僕はいまポーションがどの程度の価値を持っているか知らないんですよ。とりあえず、そちらのふたりの治療が優先です。これを使ってください」

少年が腰に付けたバッグから取り出したのは二本のポーション。

……だが、このポーション、妙に色が綺麗《きれい》で透き通っているな？

本来ポーションはもっと濃い緑で、ここまで色も透き通っていないはずだが……。

これは噂《うわさ》にしか聞かない〝ミドルポーション〟ではないか？

「おい、鑑定できるか？」

「もうした。〝ミドルポーション〟だ」

「おい、少年！　これは〝ポーション〟ではなく〝ミドルポーション〟だぞ!?」

「そうですね。普通のポーションでは助かるか怪しいのでミドルポーションを出しました。使ってもらって構いませんので早く治療をしてあげてください」

「いいんだな？　本当に使うぞ？」

「構いません。どうぞ」

この少年、ミドルポーションの価値がわかっているのか？

普通のポーションなら銀貨数枚だが、ミドルポーションなんて市場に出回ることすらないぞ？

「リーダー、いまは少年の言葉に甘えましょう」

「そうだな。トッド、エリン、飲め」

「はい……リーダー」

「すみま……せん……私たちがしくじった……ばかりに」

「言うな。早く飲め」

ふたりがなんとかミドルポーションを口にする。

すると、引き裂かれていた体の傷は嘘のように消え去り、健康な肌に戻っていった。

なんだ？

ミドルポーションとはここまで効果が高いのか？

「……な？　体の調子がいい？」

「嘘……傷が完全に治ってる」

「うん、効き目はバッチリですね」

……この少年、一体何者だ？

＊＊＊＊＊＊＊＊

「うん、効き目はバッチリですね」

よかった、僕もミドルポーションは使ったことがないので、効果がわからなかったのです。

想像以上に効き目が強かったようですが、傷跡も残らず回復しましたし問題ないでしょう。

「すまない、助かった」

「いえ。僕としてもミドルポーションの効果を確認できて助かりました」

「うん？　あのポーションは買ったのではないのか？」

「はい。僕が作ったものです」

「……君は錬金術師だったのか？」

「あー、まあ、似たようなものです」

本当の『職業』は言えませんよね。

言っても知っているとは思えませんし。

「いずれにせよ、仲間が助かったのは事実だ。それで買い取り金額だが……」

「ああ、それは結構ですよ。僕としては効き目が確認できただけで満足ですし」

お金はすでにマジックバッグの中にたくさん入っているのですよね……。

これ以上増えても困ります。

ただでさえ使い道に困るのに。

「そうか？　だが、ただというわけにもいかない。冒険者には冒険者の流儀があるのだ」

「なるほど。それは失礼しました。ですが、どうしましょう？」

「うむ……俺としては、金貨を受け取ってもらうのが一番早いのだが」

「断るわけにもいかないですよね……」

「他にほしいものはあるか？」

「いえ、では金銭で受け取ります」

「わかった。とはいえ、ミドルポーションの相場などない。済まないが金貨三十枚で許してもらえないか？　仲間の命の値段として安すぎるのは承知しているのだが、これ以上、金貨の持ち合わせが……」

相場がないとはどういう意味でしょう？

シュミットではそれなりに流通していたのですけど。

聞きたいところですが、出自がばれるのもまずいですし頷《うなず》いておくことにしましょうか。

「それで大丈夫です。……ああ、それから、あのふたりはかなり出血してましたよね？　これ、増血剤です。念のため飲んでもらっておいてください」

「なにからなにまですまない。追加でお願いなのだが普通のポーションは持っていないだろうか？　いまふたりの治療にすべてのポーションを使ってしまい在庫がないのだ。持っているならある程度の数を買い取りたい」

「ありますよ。いくつ必要ですか？」

「できれば十本ほどあると助かる」

「十本ですね。ではどうぞ」

「……本当にあるのだな。ポーションの相場は銀貨四枚、このような場所だから倍を出そう。十本で大銀貨八枚、受け取ってくれ」

「ありがとうございます。……変なことを伺いますが、オウルベアはこのあたりでよく出没するのですか？」

「そんなはずはない。ここは街まで馬車で二時間ほどの場所だ。あのような凶暴なモンスターがいれば討伐依頼が必ず出る。今回は……運がなかったとしか言えないな」

でしょうね。

オウルベアは凶暴でそれなりに強いモンスターです。

おそらくは、山から下りてきたはぐれに遭遇してしまったのでしょう。

「わかりました。教えていただきありがとうございます。それでは僕たちはこれで……」

「お待ちください！」

僕がウィングに乗り立ち去ろうとしたところ、馬車の中からひとりの女性が出てきました。

歳は見たところ二十歳前後でしょうか。

青みがかった黒髪を下ろした女性です。

「呼び止めてしまい申し訳ありません。皆様は交易都市コンソールに向かう途中でしょうか？」

「はい。この先にある都市に向かう途中です。それがなにか？」

「無礼を承知でお願いいたします。コンソールまでご一緒願えませんか？　助けていただいたお礼もしたいですし……」

『本音は優秀な護衛を増やしたいというところかの』

ワイズの念話が聞こえますが、そんなところでしょうか。

ですが、この話に乗れば子供ふたりとその護衛だけで都市に向かうより、怪しさはなくなりますよね。

この話、乗らせていただきましょう。

「アリア、リリス。構いませんか？」

「スヴェイン様が構わないのでしたら」

「私はスヴェイン様とアリア様の決定に従うだけです」

「ありがとうございます。私の名前はマオ。コンソールにて宝石商を営んでおります」

「僕はスヴェインと言います。それでこちらが……」

「スヴェイン様の恋人で旅の魔術師アリアですわ」

「スヴェイン様とアリア様の護衛、リリスです。どうぞよろしく」

「こちらこそよろしくお願いします。出発の準備が整うまでもうしばらくお待ちください」

僕たちとの交渉を終えたマオさんは馬車の中へと戻って行きました。

護衛の皆さんも応急治療を終え、後ろにある馬車へと乗り込み出発準備が完了したようです。

マオさんの号令の元、馬車二台が動き出しコンソールへと動き始めました。

僕たちもマオさんの乗る馬車の横にウィングたちを寄せて一緒に移動します。

そうしていると、マオさんが馬車の窓を開けて僕たちに質問をしてきました。

「先ほどは助けていただき本当にありがとうございました。皆様はコンソールへなにをしに？」

「僕たちは買い物です。ちょっと必要なものができてしまい」

「そうなんですの。コンソールは様々なものが集まりますからね。普段はどちらにお住まいで？」

「それを語る必要はありませんわ。人里離れた場所とだけ言っておきましょう」

アリア、事実ですがもう少し言い方を考えて……。

「申し訳ありません。プライベートなことを聞いてしまいましたわ」

「いえ、田舎者であることに変わりはありません。マオさんはコンソールに帰る途中ですか？」

「はい。別の都市で宝石を仕入れて戻る途中でしたの。そこをモンスターに襲われてしまい……」

「はは……マオさんは宝石商ですか。お若いのにすごいですね」

「父の営んでいる商会の店をひとつ任されただけですわ。いまはまだ駆け出しです」

「それでもたいしたものですよ。……それにしても宝石ですか。長いこと買っていませんね」

「あら？　宝石に興味がおありで？」

「ああ。僕は付与魔術も使うのでその関係で。付与を行う対象が宝石なんですよ」

「宝石に付与？　魔石ではなく？」

「はい。僕は師匠からそう教わりました」

「ですが、宝石に付与を行うとなれば費用がかかるのでは？」

「それは……」

「「スヴェイン様」」

……アリアとリリスに話を遮られてしまいました。

ふたりから強いプレッシャーを感じます。

話し過ぎましたね。

自重します。

とりあえずこの話は秘伝ということでごまかし、その後は技術面のことは話しませんでした。

そのままマオさんと話をしながら街道を進んでいると、交易都市が見えてきました。

空から見た時と地上から見た時。

やはりイメージがまったく異なります。

「そういえば皆様は身分証をお持ちですか？」

「いいえ、持っていませんね」

「そうなると入街税が高くなります。馬も連れてですと……ひとりあたり大銀貨一枚になりますわね」

「大銀貨一枚。先ほど護衛の方々にお金をいただいていて助かりました」

「あら？　買い物に来たのにお金はお持ちではなかったのですか？」

「ああ、いえ。お金はあるんですが、細かいお金はなく」

「そうでしたか。ですが、命を助けていただいたご恩もあります。皆様の入街税は私の方でお支払いさせていただきましょう」

「いいのですか？」

「はい。助けていただかねばあの場で命を落としていたでしょうし、一向に構いません」

「それではお言葉に甘えます」

マオさんに僕たちの分も入街税を支払っていただき、無事交易都市コンソールへ入ることができました。

……ただ、よく考えると食材を買うのに金貨しかないのは困りますよね。

どこかで両替をしないとなりません。

街に入ってからも両替の方法について考えていると、またマオさんから声をかけられました。

「皆様はどこに泊まるかや、身分証をどうするかは考えていらっしゃいますか？」

「ああ、いえ。特に考えていませんでした。買い物を終えたらすぐに街を出るつもりでしたし」

「ですが、いまの時間から買い物をして街を出ても、今日中に戻れないのでは？」

「気にすることはありません。私どもは野宿になれております」

「いけません！　若い女の子が野宿だなんて！」

「そうでしょうか？　貴重な薬草などを採りに行く際など、日帰りでは無理な場所がほとんどです。野宿の知識や経験もなしに生き残れませんわよ？」

「……そういえば皆様はお強かったですね。それでしたら冒険者ギルドに登録し、身分証を手に入れるのが早いかもしれません」

「……冒険者ギルドですか」

「スヴェイン様はご存じありませんか？」

「いえ、知っています。ただ、自分が所属することになるなんて想像していなかったもので」

「なるほど……ちなみに、護衛の冒険者の方々にポーションを売っていましたが在庫は？」

「まだまだたくさんありますよ。練習も兼ねて作っていたので、作りすぎて困っているほどですからね」

「それをお売りになるお考えはございますか？」

「売ることは特に気にしません。あくまで練習で作っていただけですし、強いこだわりもありませんので。それがどうかしましたか？」

「売れるだけの商材をお持ちでしたら、商業ギルドに登録し、身分証を手に入れるのもひとつの手段ですね。先に冒険者ギルドで護衛の冒険者の方々へと今回の報酬を精算させていただきます。そのあとでよろしければご案内させていただきますわ」

「それではお願いできますか？」

「かしこまりました。あそこが冒険者ギルドですわ。少し失礼いたします」

二台目の馬車と別れ、自分の馬車から降りたマオさんは、二本の剣が盾の前でクロスした紋章の看板がある建物へと入っていきました。

あれが冒険者ギルドなのでしょう。

クオさんたちも最初は冒険者でしたね。

いまも元気でやっていますでしょうか？

「遅くなりましたわ……あら、スヴェイン様？　涙を浮かべてどうなさいました？」

「あ、ええ。昔、よくしていただいた冒険者の皆さんを思い出しまして」

「大丈夫ですよ、スヴェイン様。あの方々でしたらいまも元気にしています」

「はい。あの三人でしたら問題ないでしょう」

「……その冒険者の方々は幸せですわね。普通は何回か依頼をともにすることはあっても、そこまで情はわきません。ですが、スヴェイン様はそこまでその冒険者たちのことを思っているのですから」

「確かに変わったことかも知れませんね。気を取り直して商業ギルドとやらに向かいましょうか」

「はい、そういたしましょう」

僕たちは街中を移動し、中央通りへと出ました。

そこではたくさんの出店とともに、大勢の人々で賑わっていました。

グッドリッジ王都ではあまり見かけなかった獣人やエルフ、ドワーフなどもたくさんいます。

王都だと見かけなかったのは、貴族街にしかいなかったせいでしょうか？

シュミットよりもたくさんの方々がいるように見受けられます。

「隣人種の方々が多いのが珍しいですか？」

「隣人種？」

「はい。この街では、他の街だと亜人種と呼ばれる方々を『隣人種』と呼んでいるのです」

「それはなぜですの？」

「はい、アリア様。『亜人』という呼び方が、『人間よりも劣っているもの』を思わせるということで変えられたそうです。実際、この街では隣人種の皆様でしか作れない道具や装備、作物などが流通していますの。それ故に彼らがいなくなりますと、経済が麻痺《まひ》してしまいます」

「過去に彼らがいなくなりそうだったことがあるんですか？」

「鋭いですわね。『人間至上主義』を掲げる宗教の一派が、この街を攻め落とそうとしたことがありましたわ。その際、多くの犠牲が人間、隣人種の双方に出ましたの。その時、隣人種の皆様はこの街が戦火に包まれることを嫌い、街から去ろうとしていたのですが、それをつなぎ止めたのがこの街の指導者たちである〝ギルド評議会〟だと聞いています」

「つまりこの街は、〝ギルド評議会〟という組織が統治する都市なんですね」

「そうなりますわね」

「いろいろと大変なのでは？」

「大変ではありますが、自由な商売と交易のためですもの。必要な犠牲ですわ」

「必要な犠牲、ですか」

僕の目にはチラチラ気になるものが映っていました。

どう見てもまともな教育を受けていない、浮浪児と思われる子供たちです。

この街も光と影がありそうですね。

そのまま、マオさんの案内で商業ギルドを訪れましたが、そこは期待外れでした。

オイラックという交渉担当者の男が僕のポーションの品質を〝特級品〟ではなく故意に〝下級品〟と鑑定し、不当に安く買い取ろうとしたのです。

当然、商談は打ちきり、僕たちは帰ろうとしました。

ただ、その男は僕たちが特級品ポーションを持っていることを大声で叫んでくれたため、一波乱ありました。

マオさんが機転を利かせ、特級品ポーション一本を金貨八枚として五十本だけ売り、場を静めてくれましたが面倒なことをする男です。

最終的には商業ギルドからも追放になったみたいですが、どちらにせよこのギルドに用はありませんね。

あとから出てきたペンツオという方には申し訳ありませんが、信用第一でなければならない商業ギルドで、その交渉担当者が率先して不当な真似《まね》をしているのです。

そんなギルドに所属している意味などない。

ですが、そうなると身分証はどうしたものか。

悩みながらマオさんとともに商業ギルドを出たところ、彼女から意外な提案がありました。

「スヴェイン様、我が家に来ませんか？　父は冒険者ギルドにも顔が利きますので悪いようにはいたしません」

「マオさんのお父様ですか？」

「はい。父の商会はポーションの小売を行っております。できればポーションも買い取らせていただきたく」

「ふむ。アリア、リリス、どうしますか？」

「頼ってもよろしいのでは？　特級品のポーションは山ほどありますし、多少売っても問題ないですわ」

「そうですね。不当な扱いを受けないのでしたらよろしいかと」

「決まりですね。マオさん、案内していただけますか？」

「かしこまりました。命を助けていただいたお礼もしたいので、今日は我が家にお泊まりくださいませ。ひとまず父の商会へとご案内いたしますわ」

お泊まりください、ですか。

どうやら、僕たちがマオさんの家に行くのは初めから既定路線だったようですね。

再びウィングたちに乗り中央通りを進むと五階建ての立派な建物が見えてきました。

マオさんはその横に馬車を止め、僕たちの馬もつなぐようにと伝えてくれます。

「ここが父の経営する商会、『ネイジー商会』ですわ」

「うわぁ、大きな商会ですね、スヴェイン様」

「本当です。こんなに大きな商会とは。こう言っては失礼ですが、意外でした」

「よくそう言われますわ。街に入った時点で連絡してありますので、入っていただいても大丈夫ですわよ」

「それでは失礼いたします」

マオさんに促され入った店内はさまざまな品物が並べられていました。

一階は、日用品が多いみたいですね。

「お帰りなさいませ、お嬢様。こちらの皆様がお話にあったお客様ですか?」

「はい。こちらはジェフ、我が家の執事になります。ジェフ、失礼のないように案内をお願いします。私は先に父へあいさつをして参ります」

「かしこまりました。それではお客様、こちらへどうぞ」

ジェフさんに僕たちがウィングたちを連れていることを告げると、先にウィングたちを厩舎《きゅうしゃ》へと案内してくれるとのことでした。

ウィングたちには申し訳ありませんが厩舎で我慢してもらいましょう。

彼に案内されて店舗の裏側に回ると、三階建ての落ち着いた屋敷が見えてきました。

表の商会に比べると質素ですね。

「屋敷が質素だとお考えですか？」

「はい、失礼ながらそう感じました」

「代々の当主様の考えによるものでございます。店舗は必要に応じて大きくする必要があります。ですが、屋敷は無駄に大きくする必要はないと判断されているのですよ」

「なるほど……確かにその通りですね」

「三階建てなのは、先々代のご当主様が最低限この大きさの屋敷がないと見栄えが悪いと判断されたためです」

「そうなのですね。やはり商人も見栄えは気にするものなのですか？」

「はい。商人も相手に舐《な》められては終わりですからね」

「なるほど……あ、失礼しました。僕たちの名前は……」

「伺っております。スヴェイン様にアリア様、それからリリス様ですね。まずは客室にご案内させていただきます」

「客室ですが、一部屋で大丈夫ですよ」

「アリア様？」

「私たち、いつも一緒に寝てますから。ね、スヴェイン様？」

「アリア……ここは、僕たちの家ではないのですよ？」

「そうですね。私もスヴェイン様とアリア様の護衛。同じ部屋であった方がなにかと便利です」

「構いませんが……四人部屋になってしまいます。そうなると部屋のグレードも……」

「部屋のグレードは気にしません。申し訳ありません、ふたりのわがままで」

「いえいえ。それではこちらへどうぞ」

急なアリアたちの申し出にも嫌な顔をせず、ジェフさんは僕たちを客室に案内してくれました。

そこで僕たちはお湯を用意していただき、体を拭って埃《ほこり》を落とします。

背中などの自分でできないところはリリスに任せ、身ぎれいにさせていただきました。

そして、服も新しいものに着替えたところでジェフさんが呼びに来ました。

「スヴェイン様、アリア様、リリス様。旦那様がお会いになりたいとのことですが、よろしいでしょうか？」

「はい、大丈夫です。ただ、見ての通り旅装しか持ってきていませんが大丈夫でしょうか？」

「構いません。旦那様はその程度のことで目くじらを立てる方ではありません」

「わかりました。行きましょう、アリア、リリス」

「はい」

「かしこまりました」

僕はアリアとリリスを伴い、ジェフさんのあとについていきます。

案内されたのは応接室。

中でも一番大切な相手を案内する場所ですね。

ジェフさんが入室の許可を取り、扉を開け、僕たちが入室します。

そこにいたのはマオさんと四十代くらいの男女、おそらくはマオさんのお父様とお母様ですね。

「ようこそ。私がこの家の当主コウだ」

「私は妻のハヅキです。よろしくね」

「僕はスヴェインと申します。こちらは……」

「スヴェイン様の恋人で相棒のアリアと申します。よろしくお願いします」

「スヴェイン様とアリア様の護衛リリスです。よろしく」

「ほほう、その歳でしっかりしたものだ」

「それに、しっかりと恋人というところもアピールするなんて。かわいいお嬢さんね」

「お父様、お母様、皆様の反応を楽しんでいないで早く本題に入りませんか？」

「そうせっつくな、マオ。商人というのは何気ない会話からでも、相手の好みや苦手なものを探るべきなのだよ」

「それはわかっておりますが……」

「ふむ。それで、三人はこの交易都市になにを買いにきたのだ？　マオからは買い出しに来たとしか聞いていないのだが」

「そうですね……まあ、隠すほどのことでもないです。食材をいろいろと買い出しに来たんです」

「食材ですの？　料理を楽しみに来たのではなく？」

「料理は家に帰ったときお料理をしてくれる子が上手なのであまり興味がありませんわ。それよりも珍しい食材と果物を買って帰りたいのです」

「珍しい食材か……私の商会でもいろいろ取り扱っている。だが、今日の分はもう売れてしまっているな。基本、食材は朝市で取り扱っているのでな」

「そうですの……では明日の朝にでもお願いできますでしょうか？」

「わかった。その時は案内させよう。朝早いが構わないか？」

「大丈夫です。ね、スヴェイン様、リリス」

「はい。問題ありません」

「私がおふたりよりも遅く起きるわけには参りません」

「わかった。それで、ここからが本題なのだが……娘が商業ギルドで特級品のポーションを見せてもらい、いくつか販売もしたらしいな。まだ販売できる分はあるかね？」

やっぱり本命はポーションですか。

特に問題はありませんし、足元を見られないのでしたらお譲りしましょう。

「ありますよ。必要な数を教えていただければお出ししますが、どうしましょう？」

「では、とりあえず二十本ほど出してもらえるか？」

「はい、どうぞ」

「……その袋はマジックバッグか。奪われないように気をつけた方がいいぞ」

「大丈夫です。このマジックバッグは僕にしか扱えないように認証されていますし、ある程度遠くに離れると勝手に手元に戻るようになっています」

「それはそれで超高級品なのだがな。……ポーションを鑑定させてもらったがすべて特級品だった。疑うようで申し訳ない」

「気にしていません。商品の品質を確かめるのは当然のことですからね」

「ありがとう。それでもし可能であれば特級品のポーションを百本用意することは可能かね？難しい依頼なのはわかっている。急ぎでなくても構わないのだが……」

「百本ですか？　その程度でよろしければ手持ちにありますよ。ですが、ここに並べるわけにも行きませんよね？」

「あ、ああ。明日の朝、資材倉庫に案内する。そこで出してもらえるか？」

「わかりました。ちなみに、ひとつどれくらいの金額で買ってもらえるんでしょう？」

「そこが困りどころだ。娘は一本を金貨八枚で売ってしまったようだが、それでは安すぎる。どれくらい支払えばいい？」

どれくらい、ですか。

困りました、僕に値付けは難しいです。

「スヴェイン様。私が交渉してもよろしいでしょうか？」

「え、ええ。リリス、お願いできますか？」

「かしこまりました。まず、コウ様のご希望を伺いたいのですが、販売価格はいかほどを想定でしょう？」

「そうだな……この街では最高品質のポーションすら年に数本しか手に入らない。それすら金貨の取引だ。それが特級品ともなれば……金貨十五枚でも売れるだろうと読んでいる」

「それでは金貨十二枚でいかがでしょう？　最高品質さえ出回らないのであれば、十分に売り上げが出ると予測しますが」

「金貨十二枚か。それが百本で仕入れ値は白金貨十二枚。我が商会の利益は白金貨三枚。悪くない取引だ、それで手を打とう」

「ありがとうございます。不躾《ぶしつけ》な質問ですが、この国では特級品ポーションの取引に制限はかかっていないのでしょうか？　例えば国が買い取るなど……」

「そんなことはないぞ？　そもそも特級品など国の最高位錬金術師でさえ作ることができているかどうか怪しいのだ。ましてここは交易都市、名目上は独立都市となっている。国といえども介入する権利はない」

「お答えいただきありがとうございます。スヴェイン様、いまの金額でよろしいでしょうか？」

「構いません。あ、できれば同じ数のポーション用保存瓶をもらえますか？　作ればいいんですが結構時間がかかってしまって……」

「ポーション瓶程度ならおまけにつけよう。……ちなみに、特級品のポーション類は他にもあるのかな？」

「はい。特級品マジックポーションもあります。あとは……」

「「スヴェイン様」」

「はい。内緒です」

アリアとリリスのプレッシャーが怖い……。

僕ってそんなにうかつでしょうか？

「それでは、特級品マジックポーションも同じ数を売っていただけるかな？」

「はい。お納めするのは、明日ポーションと一緒にで構いませんよね？」

「うむ、そうしてもらえると助かる」

そこですかさずリリスによる値段交渉が入ります。

僕ではできませんからね。

「コウ様、特級品マジックポーションのお値段ですが、素材の希少性を考え一本あたり金貨十六枚とさせていただきたいのですが、いかがでしょう？」

「一向に構いませんぞ。まとまった数の特級品ポーションが仕入れられるというだけで、我が商会の名に箔が付きますからな！」

さて、特級品ポーション類も出ましたし、これ以上なにかが出るようなことは……。

「あの、スヴェイン様？　確か護衛の冒険者を助けた時、〝ミドルポーション〟を使われていたのでは？」

「あ……」

「なに⁉　ミドルポーション‼」

ミドルポーション、使ったのはまずかったでしょうか。

アリアとリリスのプレッシャーも増していますし……あとで謝りましょう。

「スヴェイン殿！　本当にミドルポーションを⁉」

「えーと……」

「はい。スヴェイン様はミドルポーションも作製できます。コウ様はそちらの取引もお望みでしょうか？」

「もちろんだ！　ミドルポーションなど私ですら実物を見たことがない‼」

「わかりました。スヴェイン様、見本を」

「はい……」

リリスのプレッシャーを受けながら〝一般品の〟ミドルポーションを出し、コウさんに確認していただきました。

そのあとの交渉はリリスがすべてを取り仕切り、コウさんに売り渡すミドルポーションの本数は三十本、売値は一本あたり金貨三十枚だそうです。

コウさんはこれでも十分利益が出ると確信しているようですが……大丈夫でしょうか？

「それにしても、スヴェイン殿は若いのにミドルポーションまで作れるのか。どのような修行をしてきたのだ？」

「ええと……ごめんなさい。ふたりのプレッシャーがすごいので秘密です」

「でしょうな。無理に聞き出す気はない」

「そうですわね。ここで縁が切れる方が損失は多いですもの」

「はぁ、あなたもマオも落ち着きなさい。スヴェイン様、アリア様、リリス様、騒がしくて申し訳ありませんわ」

「いえ、気にしていませんから」

「そうですね。商人の方は機を逸すると、それだけで破滅を招くとも聞きますわ」

「この程度でしたら気にしません。商人の仕事の範疇《はんちゅう》でしょう」

「ご理解いただけたようで助かります。それで、私の方からもお願いがありますの」

「なんでしょうか？　できる範囲でならお手伝いいたします」

「はい。お願いというのはマオの妹、ニーベの治療薬をご用意できないかと……」

マオさんの妹の治療薬？

なにか厄介な病に罹《かか》っているのでしょうか。

【第２章】【魔術士】ニーベ

「治療薬ですか？　なにか特殊な毒か病でも？」

「……いえ、毒などではありません。純粋に体が弱く、病気がちなのです。身勝手な話なのですが、〝快癒薬〟があれば病状もかなり回復し、あとは体力作りでなんとかなると医者に言われているのです」

「〝快癒薬〟ですか」

「はい。もしあれば一本で構いませんのでお売りいただけますか？」

「うーん、〝快癒薬〟は一本ではあまり意味がありませんよ？　〝風治薬〟と同じく病気の治療薬なので、体力作りが間に合わなければまた必要になります。〝医癒薬〟などではだめですか？」

「〝医癒薬〟は何度も飲ませているのですが効き目が薄く、すぐにまた寝込んでしまいます。なので〝快癒薬〟を探しているのです」

さて、これは困りました。

薬を渡すだけなら簡単なのですが、そういうわけにもいかないですね。

間違いなく〝快癒薬〟一本では治療が追いつきません。

一瞬だけアリアと視線でやりとりをし、彼女にも動いてもらうことにしました。

「あの、ハヅキ様。私は回復魔法も修めております。一度症状を診《み》させていただけますか？」

「それは構いませんが……私も【治癒士】なのです。私だけでなく【治癒術師】の方にも診ていただいて原因が……」

「せめて診るだけでも。これでも私の〈回復魔法〉スキルのレベルは30を超えています」

「30を超えている⁉　その若さでですか⁉」

「はい。『星霊の石板』でご確認いただいても構いません」

……本当はスキルレベル30なんて生やさしい値じゃないのですけどね。

古代遺跡から復元した技術の中に、スキルレベルを〝低く〟偽るものがあったのでそれを使う気なのでしょう。

逆に〝高く〟偽ったり、覚えていないスキルを覚えているように見せたりできないのが救いです。

「……いえ、信じましょう。娘の部屋はこちらになります。どうか、お願いします」

「リリス、あなたはここで待っていてください」

「そうですね。私がついていってもできることはないでしょう。かしこまりました」

ハヅキさんに案内されたのは、二階プライベートエリアにある一室。

ここが問題のニーベという少女がいる部屋らしいです。

ハヅキさんが声をかけ、中にいるメイドに部屋を開けてもらうと……少し蒸していますね？

「ベッドで寝ている子がニーベになりますわ」

「起こしていただいても大丈夫ですか？」

「わかりました。……ニーベ、少し起きられるかしら？」

「あ、お母様。はい、大丈夫なのです」

ニーベちゃんは、マオさんと同じ青みがかった黒い髪を一房にまとめたかわいらしい少女です。白い肌も相まって、お人形さんみたいですね。

「こちらの方があなたの症状を診てくださるというの。大丈夫？」

「はい。よろしくお願いします」

アリアはニーベの額に手を当て、軽い回復魔法を使っているようです。

それで診察を終えると、ハヅキさんに容態を告げました。

「ハヅキ様。ニーベちゃんの容態ですが、肺の調子が特に悪いみたいです。肺の機能がかなり低下しており、呼吸困難になっているようですわね」

「肺の機能が低下……回復魔法で治療は可能でしょうか？」

「回復魔法だけでは不可能です。一度、快癒薬を使い肺の機能を完全に回復してから、体力を回復魔法で戻す必要があります」

「回復魔法で体力を戻す？」

「はい。グロウヒール系の回復魔法は体力を回復させる効果があります。通常のヒール系では体力は回復せず、むしろ消費してしまいますわ」

「ええと、それはどういう？」

「ヒール系の魔法は体力を消費して治癒力を活性化、傷などを癒す魔法です。対してグロウヒール系の魔法は体力を回復しながら傷なども癒す魔法、性質が違います」

「私はヒール系の違いなど知りませんでした。アリア様は博識なのですね……」

「師に恵まれました。それで治療方針ですが、先ほども説明した通りまずは快癒薬を使います」

「快癒薬があるのですか⁉」

「スヴェイン様がいくつか持っております。快癒薬を飲んだあと、グロウヒール系の回復魔法で体力を回復させましょう。そのあとでこのお部屋をお掃除させていただきます」

「部屋の掃除……ですか？」

「肺の病気に罹っている患者の場合、お部屋の環境が悪いことが多いと師匠に教わりました。なので、家事が得意な精霊に頼んでお部屋を掃除してもらいます」

「精霊？　アリア様は回復術師ではなく召喚術師ですの？」

「ええと、いろいろ兼ねた『職業』です。治療方針は納得いただけましたか？」

「え、ええ。それでニーベの調子がよくなるのでしたら」

最後は少し強気で押し切った感じになりましたがハヅキさんの許可も下りました。

では、僕も治療薬を渡しましょう。

「わかりました。スヴェイン様」

「ええ、これが快癒薬です。味を調整しているので飲みやすいと思いますよ」

「ありがとうございます。ニーベ、飲んでみなさい」

「はい。……お母様、息苦しさが段々なくなってきたのです」

「お薬は効いてきたようですね。では、『癒しの精よ。我が意に従え』《ハイグロウヒール》」

「ふわぁ。なんだか温かいのです」

「ニーベ、大丈夫？」

「はい。いまなら少しくらい歩けるような気がします」

「では、精霊を呼びますね。来てください、ラベンダーちゃん」

「はーい！　……あれ、食材はないの？」

「ええ、このお部屋のお掃除をお願いできますか？」

「お部屋の掃除？　……あー、このお部屋だと肺炎を起こしちゃうかも」

「肺炎？」

「息苦しくなる病気だよ。肺がうまく機能しなくなって呼吸困難になるの」

「……ラベンダーちゃんは、時々難しい言葉を知っていますね？」

「んー、アリアお姉ちゃんの前のご主人様の受け売りだけどね。お部屋の掃除に一時間くらいかかるかな？　危ないからそれまでお部屋から出ててね」

「ラベンダーちゃん、お部屋のものは壊さないでくださいね？」

「壊さないよー？　ただ、強力な洗浄魔法で徹底的に洗うから危ないの。だから、近づかないでね」

「わかりました。……そういうことらしいので、しばらく別のお部屋に移動しましょう」

「はい。ですが、その前に娘を部屋着に着替えさせたいのですが」

「それもそうですね。私どもは外でお待ちしております。終わったら声をかけてください」

ハヅキさんはメイドに命じてニーベちゃんを着替えさせます。

その間、僕らは明日の朝もラベンダーを召喚して食材を見てもらうことを告げておきました。

「お待たせいたしました。準備できましたわ」

「はーい、それじゃあお部屋の洗浄行ってきます！」

出てきたハヅキさんたちと入れ替わるように、ラベンダーが部屋に入っていきました。

チラッと見ると泡のようなものを出し、どこからか取り出したモップで泡ごと絨毯《じゅうたん》をゴシゴシこすりだし……少し不安ですが、まあ大丈夫でしょう。

そして、ニーベちゃんを連れて応接間に戻ると、自分の足で歩いてきた彼女にマオさんとコウさんがとても驚いていました。

最後は泣き出して抱きしめるあたり、本当に愛されているんですね。

「スヴェイン殿、アリア嬢、リリス嬢。今日は本当に助かった」

「まさか、ニーベの治療までできるとは思っていませんでしたわ」

「はい。本来はポーションの買い付けだけのつもりでした」

「え？　おふたりはお医者様ではなかったのです？」

そんな談笑の間にも、ニーベちゃんには一本薬を飲んでもらっています。

体力を回復させるための滋養剤ですね。

「さて、ニーベの部屋も掃除中ということだし、そろそろ食事としようか」

「皆様の食事もご用意させていただいていますわ。ご一緒にいかがですか？」

「スヴェイン様、断るのも失礼ですよね？」

「そうなりますね。ご相伴にあずかりましょう」

「私はスヴェイン様やアリア様と同じテーブルに着くのは恐れ多いのですが……」

「だめですわよ、リリス。あなたも旅の間は一緒に食事を取りなさい」

「……かしこまりました、アリア様」

そのあと食事もごちそうになり、食事が終わるとラベンダーが掃除の終了を告げに来たためニーベちゃんの部屋に戻りました。

ニーベちゃんの部屋はものすごくきれいになっていて空気も澄みわたっており、ラベンダーからこれからは換気をこまめにするようにとメイドの方が注意を受けていましたね。

そして、夜遅くなって睡眠時間となり、僕たちは休むこととなります。

明日は問題なく過ごせるといいのですが。

＊＊＊＊＊＊＊＊＊

「あなた、あの方々のことをどう思います？」

「食事のマナーも完璧だった。身なりも旅装ではあるが整っているし、どこかの貴族の子供たちかもしれないいな」

「やはり、そう思いますか。どうしましょう？」

「いや、手配がかかっているという話もない。あちらから話さない限り黙っておこう。藪《やぶ》をつついて蛇をだす必要もあるまい」

「わかりました。私としてもニーベの恩人に嫌な思いをしてもらいたくありません」

「わかった。その方針でいくぞ」

＊＊＊＊＊＊＊＊＊

「ここにポーション類を並べればいいのですか？　コウさん？」

「ああ、それでお願いする」

翌朝、一番の仕事はポーションを並べる仕事になりました。

壁際にはすでに、数名の鑑定師部隊が待機しています。

彼らは僕が並べ終わったポーションを片っ端から鑑定し始めました。

「申し訳ない。こちらとしても、客に間違った品物を出すわけにはいかないのでな」

「その気持ち、僕にもわかります。間違いがあってはいけませんからね」

僕も幼い頃からポーションの鑑定は念入りに行っていました。

等級が自分でわかるようになるまではリリスが代行してくれていましたが、それでも不安でしたからね。

何事も可能な限り調べるのって大切ですよ。

「ところでこのポーションってどのように販売するんですか？」

「そうだな……まずは特級品のポーションだけを売り出して客の反応を見る。そのあとに大々的な宣伝を行い、ミドルポーションを売る予定だ」

「商売って大変ですね。僕は生産者で研究者なのでよくわかりません」

「そこは商人の知恵だよ。さて、ポーションも出し終わったことだし、一度屋敷に戻ろう。朝市の時間にはまだ早いからな」

「わかりました」

ポーションの鑑定を一通り終え二回目のチェックに入った鑑定師の皆さんと別れ、僕らは屋敷へと戻ってきました。

ですが、みんながいたはずの部屋にはジェフさんしかいませんね。

アリアたちはどこに行ったのでしょう？

「ジェフ、ハヅキたちはどこに行った？」

コウさんも同様の疑問を抱いていたようです。

ですが、返ってきた答えは少々驚くような内容でした。

「屋敷の外にある魔法練習場に行っております。ニーベお嬢様のご希望で魔法訓練をアリア様が見てくれていると」

「アリアが？　珍しいですね」

「そうなのか？」

「アリアが僕以外のことで自発的に動くなんて滅多にありません。どうしたのでしょう？」

「……そういえば、魔法を教えるという話の前に、ニーベお嬢様の『職業』が【魔術士】だと聞いていましたね」

「ああ、それでですね。アリアは『交霊の儀式』で【魔法使い】だったのですよ。それがコンプレックスになっているので……」

「なるほどな。だが、十五歳の『神霊の儀式』までに力をつければいいと思うのだが……」

「え？　この国では『神霊の儀式』が失伝していないのですか？」

「ああ、いや。この国でも失伝している。だが、我が家には『神霊の儀式』に関する古文書が残っているのだよ。解読結果が正しければ『神霊の儀式』も受けることができる。『神霊の儀式』であれば『職業』も変わると聞くしな」

『神霊の儀式』についての古文書ですか……。

　確かに方法が伝わっているのなら可能でしょうが〝場所〟の問題はどうするのでしょう？

　あと、〝『神霊の儀式』なら『職業』も変わる〟とは一体？

『職業』は『星霊の儀式』でも変わったはずですが……。

「そうですか、『神霊の儀式』が。とりあえず魔法練習場へ向かってみましょうか」

「そうしよう。こちらだ」

　コウさんに案内されて屋敷の裏手にある魔法練習場へたどり着きました。

　そこではニーベちゃんが初級の攻撃魔法で岩の塊を攻撃しています。

　でも、かすかに削れるばかりで壊せる気配もなく、彼女は少し涙目ですね。

「アリア、なにをしているのですか？」

「ニーベちゃんがどの程度の魔力を持っているのか測っているのです」

「測るって……もう少しやり方があるでしょう？　ニーベちゃん、的に傷をつけられなくて涙目になってきていますよ？」

「え⁉　ごめんなさい、ニーベちゃん！　私どもにはこれが普通だったからつい……」

「リリスも一緒にいるなら止めてください」

「その……私もこれが普通になっていましたので……」

「あの、これが『普通』だったのですの？」

たまらず、という様子で口を挟んできたのはマオさんです。

確かに、普通の人から見たら異常ですよね。

「はい、これが『普通』でした。自分の現在の魔力ではどうあがいても破壊できない的を用意し、その的に少しでも深い傷を与えるためには、どのような魔法の使い方をすればよいかという練習です」

「あなた方の師匠は厳しいお方だったんですのね……」

「僕は魔法系の職業ではなかったため、それなりの結果しか出ませんでした。アリアは【魔法使い】から【賢者】を目指していたので、訓練内容も一段と厳しいものでしたね」

「え、【魔法使い】から【賢者】!?」

驚いた声を上げたのはニーベちゃん。

まあ、絵空事のように聞こえますよね、普通は。

「はい。師匠は真剣に私を【賢者】にしようとしてくださいました。……ちょっと別の理由で【賢者】にはなれませんでしたが」

「その話し方、本来なら【賢者】に届いていた、という感じですね」

「師匠たちから伺っていた【賢者】を授かる条件はすべて満たしておりましたので……なんだか別の『職業』になったことが申し訳ないです」

「あの、【賢者】になるにはどうしたらいいんですか！」

「これ、ニーベ！」

「伝説級の職業なんですよ！　そんな簡単に聞いてはいけません！」

「ここだけの秘密にしていただけるのでしたらお話しいたしますが……よろしいですか？」

「え？　よろしいのですか？」

「はい。秘密にしていただけるのでしたらお話しいたしますわ」

「わかりました。私たちだけの秘密といたします」

「それでは。十歳の『星霊の儀式』で【賢者】になるための条件は、基本五属性の魔法レベル30以上と上位四属性の魔法レベル20以上、〈時空魔法〉を習得し、魔法レベル5以上だそうです。その他にも〈魔力操作〉スキルのレベル20は必須、〈詠唱短縮〉レベル10や〈マナチャージ〉レベル10もあるといいと聞きましたわ」

「……本当なのですか？　この条件がわかれば【賢者】が大勢生まれることに……」

「なのでここだけの秘密にしてくださいな。あと、【賢者】になるための最大の問題は、魔法レベルではなく〈時空魔法〉の習得ですわ。私も師匠から習うまで、まったく覚える方法がわからなかったので……」

「あの、私は『神霊の儀式』で【賢者】になりたいのです！　〈時空魔法〉を教えていただけませんか⁉」

「ニーベ！」

「お父様、お母様、私は本気なのです！　私もこの家のお役に立ちたいのです！」

「ニーベちゃん。【賢者】になって、どういう風にこのお家の役に立ちたいの？」

本気で決意を告げるニーベちゃんに、アリアが優しく真意を尋ねます。

伝説級とはいえ【賢者】は戦闘系の職業、商家であるこの家にはあまり相応《ふさわ》しくないでしょう。

「はい、【賢者】がいる家ならば襲ってくる人はいないと思うのです！　だから……」

「いや、そんなことはないぞ、ニーベ」

「お父様？」

「もし本当に【賢者】となれば、国をはじめとした多くの組織がお前を確保しようと動き出す。それこそ、私たちを人質に取ってでもな」

「そんな……それでは私は【賢者】になってもお役に立てないのですか？」

「ニーベちゃん……」

完全に打ちひしがれてしまった彼女の様子を見て、アリアもまたうつむきました。

『役に立てない』その一点に置いて、自分と彼女を重ね合わせてしまっているのでしょう。

さて、困りましたね……。

「あの、スヴェイン様。ニーベちゃんの力になってあげてはもらえませんか？」

「……アリア、酷な言い方ですが僕たちはたまたまこの家に招かれた客人です。彼女を助けるまでは治癒師として仕事の範疇でした。ですが、彼女の将来にまで口を挟んで責任が取れるのですか？」

「……それは」

「アリアのそういう優しいところは好きです。でも、これはひとりの人生を決める大事な問題。他人がおいそれと口を挟んでいい問題でもありません」

「アリア様、お気持ちはお察しします。ですが簡単な問題ではありませんよ？」

「……すみません、スヴェイン様、リリス。私の境遇と重ね合わせてしまいました」

アリアは本当に落ち込んでいます。

リリスの様子を伺うと頷いてくれましたし、僕も力を貸しましょう。

「ですが、ニーベちゃんの力になりたいというのは僕も一緒です。ここは〝彼〟の力が借りられないか相談ですね」

「あの方ならよい知恵も持っているやもしれません」

「はい！」

そうと決まればニーベちゃんのご家族を説得です。

コウさんたちは……ニーベちゃんを慰めるのに精一杯ですね。

「……いいかい、ニーベ。戦闘職だからといって、私たちの役に立たないということはないのだよ？」

「そうよ。あなたがいてくれることで助かることだってきっとあるわ」

「そうですわ。無理に【賢者】を目指さなくとも……」

「ですが、やはりなにかのお役に立てるように……」

「あの、ちょっとよろしいですか？」

突然、背後から声をかけることになってしまった僕に皆さんが一瞬ビクッとしました。

……驚かせてしまいましたね、反省です。

「ど、どうかしたのかな、スヴェイン殿。ニーベの【賢者】の件ならもう……」

「いえ、【賢者】以外の『職業』で、なにかいい『職業』に導けるのではないかと思い声をかけました」

【賢者】以外の……だが、それ以外となると【魔術師】しかなかろう？」

「そこも含めてのご相談です。ただ、相談相手は僕ではありません。僕に『職業』のことをいろいろ教えてくれた先達です」

「そのような方が？」

「はい。……ただ、彼の存在がばれるといろいろ面倒になるのです。ご家族の間だけの秘密としてくれるのであれば彼を呼び寄せてみます。いかがでしょう？」

「あなた、どうしますか？」

「……マオ、ニーベ。お前たちはどう思う？」

「私は昨日より皆様と行動をともにして参りました。不思議なところもありましたが、相手が失礼な真似をしない限り、不義理なことは一切いたしませんでしたわ。ですので、信じてみる方がよろしいかと」

「私は相談に乗ってもらいたいのです！　私にできることがあるなら元気になって挑戦してみたい！」

「……わかった。お前たちがそこまで言うなら。スヴェイン殿、その方とお話しできるように調整していただけますか？」

「はい。もう近くまで呼んであります。ただ、姿を見られると面倒なので周囲を幻想の魔法で囲わせていただきますね」

「は？　幻想の魔法？」

「幽玄のカンテラよ、幻の灯火を照らせ。《ミラージュエリア》」

僕の腰に下げたカンテラに明かりが灯り、周囲が陽炎《かげろう》のように揺らめきます。

どうやらうまくいったみたいですね。

「いまの魔法は？」

「簡単に説明してしまうと、周囲からこちらの様子をうかがえなくする魔法です。幻想の範囲外からはまったく別の様子が映し出されているはずですよ」

「スヴェイン殿、あなたは一体……」

「まあ、いろいろとあるのです。そして、ニーベちゃんの相談役ですが……」

僕が左腕を掲げると、そこをめがけて白いフクロウが舞い降りてきました。

僕の腕に降りた段階では普通のフクロウだったためコウさんたちも不思議そうな顔をしていましたが、フクロウの額から宝石のような第三の眼が現れたことで全員驚いたようです。

『そこな娘の『職業』についての相談を引き受ける、ワイズマンズ・フォレストのワイズじゃ。よろしく頼むぞい』

「な、ワイズマンズ・フォレスト⁉　聖獣様ですと⁉」

『懐かしいのう、この感覚。スヴェインたちとともにおると、聖獣であることを忘れそうになるからの』

なんだかワイズから失礼なことを言われていますが……ワイズだってこの三年間は、聖獣らしいことをしていませんよね？

せいぜい、僕たちを引っ張り回して訓練や秘境探索に連れて行ってくれたくらいです。

「スヴェイン殿！　あなたは聖獣様と契約を⁉」

「はい。ワイズは僕と契約している聖獣の一羽です」

「一羽……つまり、他にも契約している聖獣様が……」

あ、しまった、口が滑りました。

アリアからは肘でツンツンされていますし、リリスからはすごいプレッシャーを感じますし……あとで謝りましょう。

『話はスヴェイン経由で聞いておった。コウとやら、ニーベという少女を『観察』させてもらうがよいか？』

「は、はい。もちろんです」

『わかった。ニーベよ、もっと楽にせよ。取って食うわけではない。お前の現在のスキルと潜在スキルを調べるだけじゃ』

「潜在スキル……？」

『わかりやすく言ってしまえば、どのスキルを覚えやすく、どのスキルを覚えにくいかじゃ。まあ、とりあえず調べさせせよ』

「は、はい……」

潜在スキル、そんなものもあるのですか。

そういえばアリアって戦闘系スキルが致命的にだめでしたが……そっちも調べてあげた方がよかったのでは？

　とりあえず、いまはワイズにお任せしましょう。

『……ふむふむ。これはまた面白いな』

「面白い、です？」

『うむ、面白い。スヴェイン、お主に似通ったスキル構成になっておる』

「え？」

『もちろん潜在スキルを含めてじゃ。まだ〈時空魔法〉には目覚めておらぬし、〈錬金術〉スキルや〈付与術〉スキルも未習得じゃ。じゃが、この構成は劣化版とはいえ、お主にそっくりじゃぞ？　〈時空魔法〉の適性も極めて高いしのう』

「ワイズ、本人を前にして劣化版というのは……」

『仕方があるまい。お主を前にして生産職はすべてが劣化版になるのじゃからの』

　いまの話を聞いて、ニーベちゃんが勢いよく迫ってきます。

　僕ではなくワイズの方にですが。

「あの、いまのお言葉、本当なのですか⁉」

『あー、うむ。どうしても劣化版になって……』

「そこではありません！　生産職というところなのです！」

『ああ、そちらか。そうじゃの。お主、『交霊の儀式』ではなんと判断された？』

「え？　もちろん【魔術士】なのです。いまも【魔術士】ですし当たり前なのです」

『ふむ？　詳しい話はわからんが、まあいいじゃろう。いまから努力すれば錬金術師系超級職【魔導錬金術師】にもなれるぞ。『神霊の儀式』に臨む覚悟があればじゃが』

「本当ですか！　私、【魔導錬金術師】になりたいのです！　それで、どうすれば⁉」

「落ち着きなさい、ニーベ。ワイズ様、娘が申し訳ありません」

ニーベちゃんは本当に本気のようですね。

コウさんたちの方が押されてしまっています。

『気にしておらんので構わぬよ。まずは『神霊の儀式』で【魔導錬金術師】になるためのスキル条件じゃな。必須スキルが、〈錬金術〉スキルレベル40以上、〈鑑定〉スキルレベルが50、または〈神眼〉の習得、〈付与術〉スキルレベル20、または〈付与魔術〉スキルの習得じゃ。魔法スキルについては各属性魔法がすべて30以上、〈時空魔法〉も覚えていることが条件じゃよ』

「ワイズ、厳しすぎではありませんか？　〈錬金術〉スキルレベル40というのは」

『仕方があるまい。『神霊の儀式』では必要スキルレベルが上がるのじゃ。『星霊の儀式』であればもう少し楽なのじゃが』

「ですが、魔法スキルがすべてレベル30に時空魔法も必須ですか……かなりシビアですわね」

「そうですね、アリア様。『神霊の儀式』で難易度が上がっているのでしょうが、【賢者】並みの厳しさです」

『うむ。実際には前提必須スキルとして〈魔力操作〉スキルレベル20もあるのじゃが、これがないとすべてが始まらぬ』

「……魔力操作、12しかないのです」

『どうにもいまのヒト族は魔力操作を怠《おこた》りがちじゃな。魔力操作を極めておけば魔法スキルのレベルアップも楽になるというのにのう』

　また、ワイズの愚痴が始まりました。

　たまにこのような愚痴が入るのが悪い癖です。

「ワイズ、そんなことよりニーベちゃんをどうやって【魔導錬金術師】とやらにするかです」

『そうじゃの。まずは〈魔力操作〉スキルレベル20が大前提じゃ。それができないことには、他の修練の効率が悪すぎる』

「わかったのです。でも、〈魔力操作〉スキルのレベルを20にするだけで、あと一年はかかってしまいます……」

『うん？　12もあれば数週間で終わるのではないか？』

「そうですね。僕たちも苦労したのは10くらいまでで、レベル12からなら二週間くらいでレベル20になりました」

「はい。昔のことなのでおぼろげですが……一カ月はかかっていないですわね」

「そうですね。スヴェイン様もアリア様も魔力操作はお上手でした。それを抜きにしてもレベル12もあればそこまで苦労しないかと」

「ええっ⁉　どんな秘密の練習方法を⁉」

「秘密というほどでは……ニーべちゃん、見ていてくださいね？」

「わかったのです。……え？　魔力の渦が球状に？」

「はい。僕たちは毎日この訓練をしていたんですよ」

「最初の頃は、そもそも丸くするのが大変でしたわね」

「ええ。慣れてきたら、この球を大きくしたり小さくしたりしても崩れないようにコントロールするんです。それだけで魔力操作レベル20はいけます」

「ちょっとやってみますね。……うぅ、魔力が渦にならないのです」

「利き腕から魔力を少しずつ曲げながら放出して、反対側の腕で丸めて戻すのがコツです」

「ええと、こう？　あ、小さいですが渦ができました！　あ……」

「誰でも最初の間は、注意が途切れると消えてしまいますよ」

「いまは決まった大きさの球体を作れるように頑張りましょう、ニーベちゃん」

「はい！　ありがとうございます、スヴェイン様、アリア様！」

『……さて、スヴェイン。魔力操作の方法は教えたわけじゃが……他はどうするつもりじゃ？』

「他、ですか……」

ワイズの言う他とは、錬金術や付与魔術、各種魔法スキルに時空魔法でしょう。

時空魔法以外はこれだけの大きな家ですから優秀な教師を見つけられるはずです。

問題は時空魔法でしょう。

こればかりは、どんな書物を読んでも実物を見ないとイメージがわかないのですよね。

僕とアリアもセティ師匠から習うまでは、まったくわかりませんでしたし……。

さて、どうしたものか。

「スヴェイン殿、厚かましいお願いになるのだが、ひとつよろしいだろうか？」

「なんでしょうか、コウさん」

「もしよければ屋敷に留まり、ニーベの師匠になってやってほしいのだ。あなた方なら導くことも可能であろう？」

「うーん……」

　可能不可能であれば、可能です。

　ただ、僕もアリアもそれぞれの研究がありますし……。

「スヴェイン様。屋敷に留まり続けて教える必要もないのでは？」

「リリス？」

「大事なことは、ニーベ様が『神霊の儀式』を受けるまでに条件を満たすことです。ならば、スヴェイン様たちがつきっきりにならずとも、課題をその都度出していけばよろしいかと」

『そうじゃのう。儂《わし》もそれに賛成じゃ。お主らも自分たちの研究がある。無理に立ちあい続けるより、課題を出し時々それを確認しに来る方がお互いに有益じゃろう』

「……だそうですが、それでも構いませんか、コウさん」

「仕方ありません。本当はつきっきりでご指導いただきたかったのですが……」

「可能な限りのサポートはいたします。あと、こちらに顔を出すついで……といっては悪いですが、ポーションもいくらか卸しましょう。それで手を打ってもらえませんか？」

「いえ、ビジネスの話はこれとは分けていただきたい。時々でも顔を出していただきご指導願えるのでしたら、よろしくお願いします」

「わかりました。微力ながらサポートさせていただきます」

「はい、頑張らせていただきますわ」

「ありがとうございます。……それで、ビジネスの話ですが、ポーションはいかほど卸せますか？」

「あはは……瓶さえあれば、ある程度まとまった数を卸し続けることは可能です。ただ、相場を荒らしたりとか、他の錬金術師の方の仕事を奪ったりはしませんよね？」

「まず相場ですが、昨日もお話した通り特級品のポーションやマジックポーション、それにミドルポーションに相場などありません。市場に出回ることがない以上、はっきり言ってしまえばこちらの言い値です。もちろん、売れるかどうかは別ですが」

そういえば昨日の価格交渉もコウさんがおおよその値段を決め、リリスが頷くかどうかでしたね。

そう考えれば相場なんてありませんか。

「また、他の錬金術師の仕事を奪うこともありません。他にも特級品のポーションやミドルポーションを量産できる錬金術師がいるのなら別でしょうが、そんな錬金術師がいるなど聞いたこともない。価格差もついていますし問題ございませんよ」

「わかりました。コウさんの手腕に期待します」

「ええ、お任せを」

「あ、きれいな球状にできました！」

こちらの話がまとまった頃、ニーべちゃんの嬉《うれ》しそうな声が聞こえてきました。

どうやら魔力操作がうまくいっているみたいです。

『ほう、飲み込みが早いのう。あとはそれをできるだけ長く維持したり、形を変えてみたりすることじゃ』

「はい！」

「どうやら、あちらもうまく進んでいるみたいですね」

「そのようですな。ニーベのあのような笑顔は久しぶりに見ます」

「よかったですね、コウさん」

「ええ。ありがとうございます」

この分でいくと、魔力操作の課題はすぐにクリアするかも知れませんね。

この街から出て行く前に、魔力操作ができたあとの課題も与えておきましょうか。

ニーベちゃんの相談に乗ったりコウさんと話をしたりしているうちに、朝市の時間になったようです。

なので、ニーベちゃんの指導はワイズに任せ、僕たちはコウさんと一緒に朝市へ買い物に。

そこでラベンダーを呼び、さまざまな野菜や果物をコウさんが講師代の一部として購入してくれました。

また、ラベンダーが〝チーズ〟という発酵食品を欲しがったため、それも買うことに。

コンソールでは買う人がほぼいないということなので、ラベンダーの望み通りすべて購入してしまいましたが本当によかったのでしょうか？

それとラベンダーの話ではチーズは乳を発酵させて作った発酵食品らしいので、僕の錬金術でも作れるはず。

帰ったら詳しい聖獣を見つけ、試してみるのもいいかもしれません。

そして、ラベンダーがチーズ料理として朝食に出した、チーズを載せて焼いたパンと、チーズを粉にしてかけたサラダも美味しかったです。

ラベンダーに言わせると「こんなのチーズ料理じゃありません！」ということらしく、コウさんの屋敷にいる料理人たちに熱心な指導をしていました。

コウさんにもチーズを少し分けてあげましたし、美味しい料理が食べられるといいですね。

【第3章】冒険者ギルドでの一幕

朝食が終わるとニーベちゃんの成果発表が始まりました。

ワイズによる指導を熱心に受けたおかげで、僕たちが朝市へ行っている間に〈魔力操作〉スキルのレベルが1上がったそうです。

そのあと、ワイズはまた午後に教えに来ることを約束し飛び去っていったようですよ。

ただその時、「午前中の訓練はベッドに寝ながら行うんじゃ」と指示を受けたとのこと。

僕たちは理由もわかっていたので説明しましたが、魔力枯渇が起こりそうなほどに頑張っているのですね。

自然発生による魔力枯渇を仮眠などで自然回復させると、魔力量を微量ながら増やすことができることも伝えましたし、ニーベちゃんにはしばらくその方向性で頑張っていただきましょう。

錬金術を鍛《きた》えて行くには、魔力が多くないと大変ですからね。

ニーベちゃんの様子を見届け、僕たち三人はコウさんとともに冒険者ギルドへと向かいました。

冒険者ギルドに登録し、身分証を作るためです。

コウさんの説明ではランクが低いと有効期限も短いそうなのですが、なにか考えがあるそうで……ともかく案内していただけるようですし、期待しましょう。

「ここが冒険者ギルドの中ですか」

「ええ。スヴェイン殿たちは初めてでしたな」

「はい。冒険者の方々と接する機会はありましたが、ギルドに来る機会はありませんでした。意外と人が少ないんですね」

「スヴェイン様。いまは冒険者ギルドが混み合う時間帯ではないのです」

「そうなんですか、リリス?」

「はい。冒険者ギルドが一番混み合うのは朝一番に最初の依頼が掲示される時。次が夕暮れ時に一日の依頼を報告に来る時間帯です。それ以外の時間帯は訓練に来ている冒険者や定時外の依頼発行を待つ冒険者、他の依頼を達成して帰ってきた冒険者などがほとんどでございます」

「ほう。リリス嬢は詳しいな」

「これでもエルフですから。見た目以上に知識は豊富ですよ」

「なるほど。ともかくカウンターへ行きましょう。いろいろと話をせねばなりませんからな」

コウさんの案内を受け、冒険者ギルド内にある受付カウンターへ進みます。

ただ、コウさんが向かった先は〝依頼受付〟カウンターなのですが……。

「いらっしゃいませ、コウ様。本日はどのようなご用件でしょう」

「この三人の冒険者登録をお願いしたい」

「あの、コウ様。失礼ですがここは依頼の受付であって登録は総合案内なのですが……」

「わかっているとも。登録の前にギルドマスターとサブマスターにお会いできるかな?」

「ええと、冒険者登録の前に、ですか?」

「ああ、そうだ。〝塩漬け依頼十六番が片付く〟と言えば、喜んで会ってくれるだろう」

「十六番……えぇっ⁉　わかりました、すぐに!」

受付カウンターにいた職員さんは、大慌てで階段を駆け上がって行ってしまいました。

ですが、〝塩漬け依頼〟とはなんでしょう？

アリアも不思議そうな顔をしていますし……リリスは困った表情を浮かべています。

そんなリリスの表情に気がついたアリアが、リリスに尋ねました。

「リリス、〝塩漬け依頼〟とはなんなのでしょう？」

「はい、アリア様。〝塩漬け依頼〟とは〝長年達成者のいない依頼〟のことです。〝塩漬け依頼十六番〟とは〝長年達成者のいない依頼の十六番目〟となります」

「……あの、コウ様？　私どももいきなり難しい依頼は」

「なに、皆様なら……といいますか、スヴェイン殿には簡単すぎる依頼ですよ」

僕には簡単すぎる依頼？

どういう意味でしょう。

内容を確認しようとした時、階段の上から職員の方が戻ってきました。

「お待たせしました！　ギルドマスタールームにどうぞ！」

「ええ。それでは皆様もご一緒にお願いします」

「わかりました」

「少々不安ですがお供いたします」

三階建ての建物の一番奥、そこがギルドマスタールームのようです。

コウさんが軽くノックをしてドアを開けると、奥の席に少し厳《いか》つい顔をした獅子族の方が座っています。

その手前には少し柔和な雰囲気をした女性が立っていますね。

この方は……耳の形からしてエルフでしょうか？

「コウ、久しぶりだな。お前が直接冒険者ギルドに来るなんて何年ぶりだ？」

「五年ぶりくらいでしょうか？　あの時は助けていただきありがとうございました」

「構わんさ。俺たちにとっても実りのある仕事だった。……で、新人登録の前に十六番が片付くとはどういう意味だ？」

「あの、コウさん。〝塩漬け依頼〟の説明はリリスから聞きました。十六番の内容とはなんでしょう？」

「失礼ですが、コウ様。その説明もしていなかったのですか？」

「ええ、必要がないと思いまして」

「あの、私どもも時間が限られているのですが……」

「はい。だからこそお時間をいただいたのです」

「ずいぶん自信があるじゃねえか、コウ。小僧、〝塩漬け依頼〟の説明は聞いたんだったな。十六番の内容だが……この依頼は冒険者ギルドに持ち込むより、商業ギルドに持ち込んだ方が金になるから仕方ねえ。それでも聞くか？」

「はい。その内容とは？」

「ギルドの緊急用備品として最高品質ポーション五十本と最高品質マジックポーション三十本を納めてほしい、って依頼さ。俺たちも無茶を言っているのは承知なんだがなぁ……」

「そうですね……。いままではそれなりの高額報酬に非常に高い貢献度の依頼となっています。それでも、そんな量のポーションがあれば、商業ギルドが私たちよりも数倍の高値で買い取りますから……」

「というわけだ。ティショウ殿、そこで〝商談〟です。もし、この三名がその依頼を達成できたら、『指定期間依頼未達成による冒険資格の剥奪』を免除していただきたい」

「あ？　なんだそりゃ？」

「それは難しいですね……。その制度は冒険者の生存確認と罪を犯していないかの確認にも使っていますから……」

「ではこういたしましょう。彼らのために冒険者ギルドからの指名依頼を出してください。それを達成することで資格の剥奪を免除ということで」

「……それならば構いません。ですが十六番の解決ができるのですか？」

「ええ、簡単ですよね？　スヴェイン殿？」

　コウさんに話を振られましたが……少し困ってしまいます。

　最高品質のポーション……ですか。

「スヴェイン殿？」

「失礼ながら、コウ様。スヴェイン様がポーションを作る場合、すべて特級品を作製しております。なので、最高品質をすぐに納品するのは難しいかと……」

「……は？　俺の耳がおかしくなったか？」

「……いいえ、私の耳にも特級品と聞こえてきましたが」

「はい。特級品のポーションとマジックポーションであれば山のように在庫があります。ですが、最高品質のものは作るのにお時間をいただかないと……品質を下げる必要があるので……」

「……コウ？　この小僧、寝言を言ってるんじゃないよな？」

「疑うのでしたら実物を見せていただいてはどうです？」

「小僧、特級品のポーションはあるんだな？」

「ありますよ。どうぞ」

僕はマジックバッグの中からポーションを一本取り出して机の上に置きました。

普段から作っている特級品のポーションです。

「………おい、俺の鑑定スキルおかしくなったか？」

「ご心配なく。私の鑑定でも〝特級品〟と出ています」

「数が不安でしたら私の商会の倉庫にご案内しますよ？　特級品のポーションとマジックポーションを百本ずつ仕入れさせていただきましたから」

「百⁉」

「本当ですの⁉」

「はい。だからこそ、今日この〝商談〟を持ちかけに来たのです」

「ちなみに、コウ。お前の商会でそのポーションはいくらで仕入れた？」

「ポーションが一本金貨十二枚、マジックポーションが一本金貨十六枚でしょうか？　それくらいの価値はあると思います」

「おい、ミスト。ギルドの金庫から特級品の金、百本分用意できるか？」

「はい、ティショウ様。この機会ですし、もう少し多めに購入しては？」

「わかった、二百本購入だ。いけるな、ミスト？」

「もちろんですわ。予備費もかき集めて購入いたしましょう」

……うん、なんだか話がどんどん進んでいるようです。

どうなってしまうのでしょう？

「おい小僧、いやスヴェインと呼ばれていたか。特級品ポーション百五十本と特級品マジックポーション五十本、すぐに用意できるか？」

「ええ。その程度なら在庫にあります」

「よし、それで〝塩漬け依頼十六番〟を達成にする。貢献度的にも一発で冒険者ランクDだ。文句はねぇな、コウ？」

「ランクDですか……有効期限半年、もう一声なんとかなりませんか？」

「スヴェイン様、他に作れるポーションはどのようなものがありますか？」

「ええと、いま在庫しているのは最高品質のミドルポーションとミドルマジックポーション、それから快癒薬、医癒薬、治癒薬、風治薬。あとは解毒関係のポーションが全種類。特殊毒や解呪のための薬も用意があります」

「……コウ、こいつデタラメを言ってないよな？」

「少なくともミドルポーションは実物が商会の倉庫にあります。また、娘の治療に快癒薬を使っていただきました」

「そうか。スヴェイン、最高品質とか訳のわからんものはいい。普通のミドルポーションと快癒薬、あとは……一部の劇毒治療に使う水獣の血薬とか持ってないか？」

「すべてあります。お出ししますか？」

「頼む」

僕はティショウさんと呼ばれていた方の机にミドルポーションと快癒薬、水獣の血薬を並べました。

それに驚いているのはティショウさんとミストさんと呼ばれていた方です。

「いや、言い出した俺が言うのもなんだが、本当にあるのかよ……」

「ミドルポーションが出てくるだけでもすごいのに、快癒薬に水獣の血薬もだなんて。それも快癒薬と水獣の血薬は最高品質ですわよ？」

「なあ、スヴェインよぉ。これ、本当にお前が作ったのか？」

「はい。なんなら実演しますが？」

「そこまで言うなら、水獣の血薬は作れるか？」

「大丈夫です。錬金台を置きたいので、そちらのテーブルを借りてもいいでしょうか？」

「構わねえ。腕前を見せてくれ」

許可も出たので、テーブルの上にマジックバッグから錬金台と各種素材を取り出します。

素材を見ただけでもおふたりは驚いていますが。

「……スヴェイン、〝最高品質の霊力水〟も自作か？」

「はい。なんなら魔力水を作るところから実演しましょうか？」

「そうしてくれ……」

「では」

まずは水を蒸留水に変換し、そのまま魔力水を作製。

青く染まった水を更に錬金術でオレンジ色の水、つまり霊力水にして終了です。

「……本当に最高品質の霊力水を作りやがった」

「……しかも、いまの手際の良さはなんですの？」

「もう数え切れないほど実践している作業なので。水獣の血薬を作ってよろしいでしょうか」

「ああ。もう好きにしてくれ」

「わかりました。……はい、できました」

「水獣の血薬すら一瞬だな、おい……」

「しかも、最高品質ですわね……」

「これでスヴェイン殿の実力はわかっていただけたでしょうか」

「ああ、嫌というほどにな。コウも冷や汗をかいているが？」

「……いや、私もここまでだったとは考えもせず」

そんなにすごいことをしていますかね？

この程度の薬品作り、もう魔物素材以外の問題はなにもなくなったのですが。

「なあミスト、特例使えるよな？」

「使えますわね。特殊採取者としての特例で有効期限二年まではなんとかなります。それが限界ですわ、コウ様。……正直に申しまして冒険者ではなくギルドのお抱え錬金術師にしたいのですが」

「あはは……まあ、それだけあれば十分でしょう。スヴェイン殿、アリア嬢、リリス嬢。この話受けていただけますね？」

「ええ、喜んで。それから、特級品ですが買い取り価格は一本金貨十枚で結構です」

「はあ⁉」

「二百本の取引ですわよ⁉　白金貨で六枚も差額が出るんですのよ⁉」

「わかっています。ギルドの緊急用備品ということは、危険な方への治療用や危険任務の持ち出し品ですよね。なら……」

「スヴェイン様？」

「……だめですか、リリス？」

「本来であればお止めします。ですが、スヴェイン様のことは幼い頃より見て参りました。言っても聞かないのは目に見えているので止めません。ただし、普段の交渉は私にお任せを」

「ありがとう、リリス」

「……結局、本当に一本金貨十枚でいいのか？」

「リリスの許可は出ましたので大丈夫です。ああ、それとは別件でお金の両替をできるところを紹介していただけませんか？　僕の手持ちで一番細かい貨幣が大銀貨なんですよ」

「そいつは確かに困るな。そいじゃ、大幅値引きしてもらった礼だ。俺のポケットマネーから金貨一枚を小銭に……銀貨と大銅貨に両替して渡す」

「ありがとうございます」

「それじゃあ、受付に行くか。十六番解決の話もしなくちゃいけねえし、依頼内容の修正もしなくちゃいけねえ」

「そうですね。ティショウ様が行きますか？」

「ああ、俺が行く」

「わかりました。私は書類の方を修正してお持ちいたします」

「頼んだ。じゃあ、先に受付に行くぞ」

ティショウさんの後ろに続いてギルドの一階まで戻っていきます。

ですが、階段辺りから階下のざわめきが聞こえ始め、一階に近づくとものすごく混乱した様子が伝わってきました。

「おい！　なにがあった！」

「ティショウ様！　Ｂランクパーティ【ブレイブオーダー】が大怪我を負って帰ってきました！　これから医務室に搬送するところです！」

「容態は！　どの程度の傷だ⁉」

階下の状況を確認したティショウさんが素早く動き始めました。

このあたりはさすがギルドマスターですね。

「はい！　リーダーはジャイアントマーダービーに腹部を刺されています！　針はまだ刺さったまま、出血も激しく意識も混濁しています！　早く治療をしないと手遅れに……」

「ちっ……おい、スヴェイン！　早速だが、お前のポーションで回復できるか⁉」

「数本使っていいのなら可能でしょう。ミドルポーションは？」

「使わないでくれるとありがたい！」

「じゃあ傷の具合を見て特級品ポーション数本です。構いませんか？」

「Ｂランクパーティを失うよりマシだ！　早速やってくれ！」

「わかりました。アリア、リリス、手伝いをお願いします」

「はい！」

「かしこまりました」

僕たち三人は階段から飛び降り、人混みをかき分け騒ぎの中心部に向かいます。

そこには血まみれの男女五人の姿がありました。

倒れているのは男性と女性がひとりずつ、残り三人は意識もしっかりしているようですし少し後回しにしても問題ないでしょう。

まずは倒れているふたりの治療からですね。

「アリアとリリスは奥で倒れている女性の治療を！　僕はこちらの男性を治療します！」

「わかりました！」

「ジャイアントマーダービーは猛毒持ち。お気を付けください」

「わかっています！」

僕が治療するのはこちらの男性。

腹部にジャイアントマーダービーの巨大な針が刺さったままですし、先ほどの説明からして彼がリーダーなのでしょう。

命があるのは、針が刺さったままになっていて、出血が少なくて済んでいるためですね。

「リーダー！　しっかり！」

「くぅ……あ、ああ」

いけませんね、これでは本当にあと数分の命です。

早く治療しないと。

「すみません、そこを退いてもらえますか？」

「なんだい、あんたは⁉」

「ティショウさんから頼まれて治療に来ました。もう一度言いますが、邪魔なのでそこを退いてもらえますでしょうか？」

「邪魔……あんたみたいなガキになにができるって言うんだい⁉」

「少なくとも泣いているだけのあなたよりもできることはあります！　もう一度だけ言います、邪魔なのでそこを退け‼」

「うっ……」

しまった、少し強く言いすぎましたかね？

まあ、邪魔なのは変わりませんし少し大目に見てもらいましょう。

さて、この方の容態は……ああ、だめです。

まずはこの針を抜かないと治療になりません。

ですが、マーダービー種の針は返しも付いているので、引き抜くとショックを受けるはず。

まずは傷口を麻痺させ、ショック症状が出ないようにするところからですか。

「最初はパラライズポーションを傷口の周りに垂らして……うん、けいれんが治まりました」

次は針を抜かなければなりませんが、見ただけでもわかるほどがっちり刺さっていますし、引き抜くと同時に回復させねば出血死してしまいます。

リリスはアリアの手伝いに行かせていますし、先ほどの女性にでも手伝っていただきましょう。

「そこのあなた、治療の手伝いをしてください」

「なんだい？　今度はなにをすればいいんだい？」

「マーダービーの針を抜きます。ただし、深く刺さっていますし、傷口の大きさから考えて引き抜くと同時に回復させねば出血死。ポーションは僕がかけますので針を引き抜いてください」

「な……こんな深く刺さった針を引き抜いたら死んじまうよ!?」

「引き抜かないと治療ができません。このままではあと数分の命、助けたかったら指示に従って」

「……わかった。針を引き抜けばいいんだね？」

「ええ。ただし、タイミングは合わせてください。いきますよ？　３、２、１！」

「えいやぁ‼」

マーダービーの針が引き抜かれると同時に傷口へとポーションを振りかけます。

それによって傷口がどんどん再生していき……うん、腹部の傷はもう心配ありません。

「……な？　腹の傷が塞がっている？」

「まだ安心できません。他の傷も相当深いです。そちらも治療しなければ」

「わ、わかった。今度はどうすればいい？」

「ポーションがあるのでそれを飲ませてください。これだけ酷《ひど》い傷を負ってきたことを考えると、細かい傷まで治療しなければなりません。一本で足りなければ追加しますので申し出てください」

「あ、ああ。……えっ⁉　なんだい、このポーション⁉　回復力がすごい！」

「そうですか。それで、傷口はすべて塞がりましたか？」

「ちょっと待っておくれ。……いや、少しだけ残っている。でもこの程度なら」

「だめです。いままでの出血を考えると細かい傷もすべて治さねば。というわけで追加のポーションです」

「ありがとうよ。……うん、すべての傷が塞がった」

「では、最後にディスヴェノムと増血剤です。血を流しすぎているので、増血剤がないと回復が遅いでしょう。また、マーダービー種は猛毒持ち。ディスポイズンでは回復できません」

「あんた、若いのに博識だね。ありがたく使わせてもらうよ」

ふう、これでこの方の治療は完了ですね。

アリアたちの方は……。

「これがディスヴェノムです。傷口はもうすべて塞がっておりますし、猛毒の症状さえ治まれば動けるようになりますわ」

「え、ええ。ありがとう、助かったわ」

「いえ、ティショウ様からの頼みです。それに、助けられる方を目の前にして見殺しにするのは気持ちがいいことではありませんもの」

「……そう。重ねてお礼を。本当に助かったわ、ありがとう」

「はい。少なくとも今日はあまり無理をなさらないでください」

アリアも治療を終えたようです。

これで重傷者の治療は完了、残りは比較的軽症だった三人ですか。

「あんた、本当に助かったよ。仲間を助けてくれてありがとう」

「気にしないでください。それと、皆さんもポーションとディスヴェノムを。マーダービー種の猛毒は受けた量が少ない場合、遅効性であとからいきなり症状が表に出てきます。身動きができなくなる前に回復を」

「あんた本当に博識だね。みんなも飲むよ」

「わかっている。重症だったリーダーたちを助けてもらいながら、比較的傷の浅い俺たちが死んでしまっては笑いごとじゃすまん」

「……それにしても飲みやすいポーションだ。濁った味がまったくしない。それに、ディスヴェノムはもっと酷い味だったはずだが？」

「いろいろと改良をしました。戦いの最中に回復する場合、ポーションの味で気を散らしてはいけないでしょう？」

「確かにな。戦闘中にポーションを飲む時はある程度安全を確保してからだ。それでも完全に安全な状況なんてありはしない」

「まったくだ。それにしても、あんた薬師かい？　それとも医術師？　やけに知識が豊富だね」

「いろいろ師匠から学びましたから。それよりティショウさんに報告を……」

「大丈夫だ。上から見ていたぞ、スヴェイン」

治療がすべて終わったので報告に行こうとすると、ティショウさんがやってきました。

状況確認も終わっているみたいですね。

「ギルドマスター！」

「ティショウさん。無事に全員の治療、終了しました」

「ああ、ご苦労さん。すべて見させてもらったが、本当に見事な手際だった。モンスターについての知識も完璧なようだし……一体どこでこんなの学んだ？」

「すべて師匠仕込みです。回復魔法や回復薬を扱うならモンスターの特性を理解しておくことで、適切な治療も行えるようにと」

「……普通、錬金術師にそんなことまで仕込むか？」

「はぁ⁉　この子、錬金術師だったのかい⁉」

「ああ、そうだ。スヴェイン、今回の治療で何本のポーションを使った？」

「こちらで倒れている男性に三本、他の方々に一本ずつ、それから……」

「私どもの方であちらの女性に二本使いましたわ」

「ってことは今回の使用が八本、残りは百四十二本か。ちなみに、状態異常回復薬の余りはねえか？」

「申し訳ありません。自分たちの使う分しか基本的に持ち歩いていないもので」

「ってことは、材料さえあれば作れるんだな？」

……ごめんなさい、材料もあります。

僕たちのマジックバッグは特別製ですからね……。

でも、なんでもかんでも出てくるのは怪しすぎます。

今回は見送らせていただきましょう。

「材料さえあればいくらでも。正確には僕の家に戻れば材料も保存してあります」

「わかった。ディスポイズン、ディスヴェノム、ディスパラライズ、ディスストーン、ディスチャーム。それぞれ三十本を頼みたい。用意できるか？」

「はい。可能です。ただ、次にこの街を訪れるのが、いつになるかが正確にわかりませんが……」

「気長に待つさ。お前の薬はそれだけの価値がある。特にディスヴェノムなんて滅多に仕入れられねえからな」

「ギルドマスター、この子と何の話をしているんだい？」

「ん？　ああ、そうだったな。聞け、お前ら！　塩漬け依頼十六番、ここにいるスヴェイン、アリア、リリスによって解決した！　このギルドの緊急用備品として〝特級品の〟ポーションとマジックポーションを用意してある！　数はポーションが百五十、マジックポーションが五十！　まあ、ポーションの方はいま八本使っちまったがな！」

「待ちな、ギルドマスター。十六番は〝最高品質の〟ポーションとマジックポーションだったはずだよ？　それなのに特級品？」

「おうよ。最高品質は作り直さなくちゃ持ち合わせがないんだと。お前らの治療に使ったのだって特級品ポーションだぜ？」

「いや、待ちなよ、ギルドマスター。あたしらは確かにBランクパーティだ。だが稼ぎには限度がある。特級品なんて幻みたいな品、八本分の代金を支払えるかどうか……」

「今回は緊急持ちだしだから気にすんな。それ以外の時は一本金貨十枚だ」

「は？　特級品がたったの金貨十枚で用意してもらえるのかい？」

「その通りだ。まあ、もちろん依頼危険度の制限はかけさせてもらうがな」

その宣言で周囲は静まりかえります。

次の瞬間、待っていたのは爆音にも似た大歓声でした。

「マジかよ！　特級品のポーションなんて初めて聞くぞ⁉」

「俺もだ！　でも、いま回復する様子を見せてもらった以上、信じるしかねぇだろう！」

「これなら高難易度依頼も安心できるわ！」

「おう！　これからは生きてギルドまでたどり着けばなんとかなりそうだ！」

うーん、やっぱり冒険者の皆さんも命がけのお仕事ですよね。

僕の知っている冒険者の方々って【ライトオブマインド】の三名だけでした。

その方々も普段は僕たちの訓練しかしていただいていなかったので、あまり実感がわかなかったんですよ。

「う、うん？　ここは？　俺は生きてる……のか？」

「リーダー！」

「お、おう。お前らが揃《そろ》ってるってことは死んだわけじゃなさそうだな。って、ここは冒険者ギルドか？　あれ？　俺の腹にぶっ刺さってた針はどこへ？　それに腹の周りの肉だけやたら綺麗だし……」

「気がつかれたようですね」

「うん？　君は？」

「リーダーの命の恩人だよ！」

「命の恩人……そうか、君が助けてくれたのか。俺はバード。助けてくれて感謝する」

「僕はスヴェインです。お体の具合はどうでしょう？　傷はすべて治療いたしましたし、増血剤とディスヴェノムも飲んでいただいたのですが」

「体の具合か。そうだな、全身が痺《しび》れた感じがするってこととめまいを感じるくらいだ」

「痺れた感じ……先ほどパラライズポーションを使ったせいかもしれません。これディスパライズです。飲んでみてください」

「助かる。……やけに飲みやすいな。それから全身の痺れは消えた。すまないな」

「いえ、僕が治療でパラライズポーションを使ったことを忘れていたことが原因ですので」

「治療……そうだ！　全員、無事か⁉」

「ああ、全員治療してもらったしディスヴェノムも飲んだ。心配いらないよ」

「そうか、よかった。っと、ティショウさんもいるのか。依頼の失敗も報告しないと」

「そうだね。なにも知らずにあんな場所へ近づいたら犠牲者が出ちまう」

「ああん？　あんな場所？」

「はい。至急報告したいことが」

「……なんの騒ぎですの？」

【ブレイブオーダー】の皆さんから話を聞いていたところにミストさんもやってきました。

処理を終えて一階にやってきたのでしょう。

「ミストも来たか。十六番の修正は？」

「完了しております。それで、なにが起きていたのでしょう？」

「【ブレイブオーダー】がジャイアントマーダービー相手に壊滅しそうになった。詳しい事情を聞いてくれ」

「かしこまりました。皆様、動けますか?」

「あ、ああ。なんとか動ける」

「では、あちらの会議室で報告を受けます。ティショウ様はこちらの対応を」

「任せろ」

怪我人の治療は終わりましたが、負傷者が全員傷だらけだったことが気になります。

まして、相手がジャイアントマーダービー。

これで騒ぎは収まるのでしょうか?

＊＊＊＊＊＊＊＊＊

「これが冒険者証ですか」

僕たちはティショウさんにお付き合いいただき、冒険者登録を済ませました。

僕ら三人の左手首には、鉄の輝きに似た色を放つ腕輪がはめられています。

それと同時に腕輪には、魔法文字で〝採取〟の意味の単語が刻まれていました。

いまはギルドマスタールームに戻り、コウさんも交えての話し合い中です。

「それにしてもよかったのでしょうか、ギルドマスターに新人登録までお手伝いいただいて」

「気にすんな。Bランクパーティを完全回復してもらった礼もある。それに、ポーションだってごっそりもらっちまったしな」

「お互い様ということですな、ティショウ殿。それにしても【ブレイブオーダー】が壊滅寸前とは……」

「コウ、お前もそこが気になるか。ミストが事情聴取しているがろくな話にはならねぇな」

「あの方々はBランクパーティなんですよね？　そう考えるとかなり多くのジャイアントマーダービーと戦ったのでしょう。全員の全身が傷だらけでしたし、二十匹以上はいたのではないでしょうか」

「すげえな、スヴェイン。怪我の程度から予測できるのか？」

「あの方々の力量が相応ならですが。十匹程度に負けるような方々ではないでしょう？」

「十匹程度に負けるような連中じゃねえ。となると、二十匹以上の群れに遭遇したか巣に近づいちまったかのどっちかだな」

「彼らは街の近くの依頼に出ていたのですかな？」

「いや、かなり遠方の依頼に出ていたはずだ。そこは心配しなくても大丈夫だぜ、コウ」

「しかし、マーダービー種の行動範囲は広いです。それに針を持ち帰ってしまった。針に付いている特殊な匂いをたどり、街までやってくるのもそう遠くはないでしょう」

マーダービー種の本当に厄介なところは、その針に付いている特殊な匂いをたどり、獲物を追跡する能力です。

これによって獲物を〝わざと〟街まで帰らせ、街ごと一網打尽にしようとするのですから。

こんな僕の見解を聞き、驚いたようにティショウさんが反応しました。

「……本当に博識だな、スヴェインは。そうなっても防衛隊や先輩冒険者がいるから安心しろ。お前たちのような未成年の冒険者を戦いに出すことはねえよ」

「これでも凶悪なモンスターとの戦闘なら場数は踏んでいるのですが……」

「そうですね。スヴェイン様もアリア様も対空の広範囲魔法なら得意としています。さすがに乱戦となってしまえばその限りではありませんが……」

「リリスの嬢ちゃんだってスヴェインとアリアの護衛なんだろう？　だったらふたりを守ることだけを考えな。街のことは街で守るからよ」

　ティショウさんの意思は固いようです。

　ならば、できる範囲での支援はしないと。

「ティショウさん、少しよろしいですか？」

「おう。なんだ？」

「ジャイアントマーダービーの特徴ですが、ひとつの巣ごとの距離は約三十キロメートル離れています。これはジャイアントマーダービーの活動範囲が約十キロメートルであり、巣ごとの群れが出会わないようにするためです」

「本当に博識だな。もし別の巣の群れ同士がかち合ったらどうなるんだ？」

「お互いに縄張りへの侵入者として排除を試みます。なので、巣分けをする際には三十キロメートル以上離れて行うのが一般的な習性です」

「すげえな、お前の師匠。だが、口伝だけじゃ確証が取れねぇ。それについての書物とかはないのかよ？」

「あります。〝フォル＝ウィンド〟著の『猛毒性魔物特性集二巻』の内容のはずです」

「〝フォル＝ウィンド〟の『猛毒性魔物特性集二巻』……ちょっと待て……あった！」

どうやらティショウさんは、あの本を持っていたようです。

もっとも、〝フォル＝ウィンド〟ってセティ師匠なのですけどね。

「ちょっと待ってろ……あった、ジャイアントマーダービーの特性！　……本当にすげえな。スヴェインの言った通りのことが書いてある」

「確証は取れたでしょうか？」

「ああ。こうなると巣があった場合、破壊するのはひとつじゃ済まなさそうだ。警戒しながら三つ四つ破壊する必要があるかもしれん」

ジャイアントマーダービーの巣をそれだけ破壊。

ディスヴェノムの数も足りていなさそうですし、回復魔法の《キュアヴェノム》を使える方はもっと少ないでしょう。

普通に戦えば大勢の戦死者が出るはず。

「アリア、リリス」

「今回は止めません。余計な人死には好みませんもの」

「スヴェイン様とアリア様の意見に賛成です。最悪壊滅もあり得ます」

「ん？　なんの話だ？」

「微力ながら僕たちからのサポートです。《ストレージ》」

僕は《ストレージ》内にしまっておいた指輪を五つ取り出しました。

ティショウさんが、「時空魔法まで使えんのかよ……」と呆《あき》れたように呟《つぶや》きます。

「これをお貸しします。すべて僕の作った魔導具です。もし壊れたら壊れたで気にしません。どうぞ、存分に使い潰してください。死人が出るよりはるかにいいです」

「そいつはどんな魔導具なんだ？　内容がわからないと危なっかしくて使えないぞ？」

「ああ、それもそうですね。これらはすべて魔法を封じてある魔宝石です。魔力を注ぎながらキーワードを唱えれば、魔法が発動して対象を狙い撃ちにできます」

「物騒なアイテムだな。封じられている魔法は？」

「ルビーが『フレアアロー』、サファイアが『ブリザード』、エメラルドが『ストームブレイド』、トパーズが『ガイアランス』、アメシストが『サンダーソード』です。キーワードも魔法名と一緒です」

物騒なアイテムですし、あまり人前に出したくないのは事実ですが緊急事態です。

この街の冒険者がいなくなれば街の守りが手薄になり、今度こそジャイアントマーダービーの大攻勢を受けるでしょうから、この程度の支援はせねば。

「……コウ、聞いたか？　全部レベル25以上の魔法だぞ？」

「……そうですね。娘からスヴェイン殿たちは『セイクリッドブレイズ』でオウルベアを跡形もなく焼き払えるほど強い』と聞いていましたが、他の属性も強いようです」

「そもそも魔宝石ってのがわからん。スヴェイン、そっちも説明してくれ」

「原理は省きますが、宝石に魔法を刻んだものになります。使い捨てにするタイプや、今回のように何回も使えるタイプがあります」

「それって付与魔術か？」

「はい。強い魔法を封じようとすると、高レベルの付与魔術を要求されます」

「そもそも作り手がそんなにいないのが救いか。わかった、今回の討伐で使わせてもらう。だが、終わったら責任を持って回収する」

「わかりました。先ほども言いましたが、壊れたら壊れたで構いません。人命を最優先にしてください」

「考えが甘っちょろいな。だが、嫌いじゃねぇ。なにかあったら……いや、なくても俺のところに顔をだしな。茶くらいは出してやる」

「ありがとうございます」

「ティショウ様、事情聴取が終わりました」

ギルドマスタールームに新たにやってきたのはミストさんでした。

【ブレイブオーダー】の皆さんから話を聞き終えたようですね。

僕たちが聞いてもいけないでしょうし、そろそろお暇《いとま》する時間でしょう。

「おっと、これはいけませんね。部外者はそろそろ立ち去らないと」

「追い出す形になって済まねえな、コウ。スヴェイン、お前の魔導具、しっかり預かったぜ」

「いえ。くれぐれも無理はなさらないでください」

「それでは失礼いたします、ティショウ殿。だが、スヴェイン殿たちはあなた方が想像している以上に場数も踏んでいるようだ。ぎりぎりになったら参戦していただきます」

「そんな不始末起こすかよ。だが、いざという時の守りは任せる」

「任されました。それでは行きましょう。コウさん、アリア、リリス」

「ああ、また元気な顔を見せてくれよ。俺たちも必ず生きて帰ってくるからよ」

＊＊＊＊＊＊＊＊＊

……さて、あいつらも行っちまったな。

しかし、不思議な子供たちだぜ。

俺がガキの頃はもっと……かわいげがなかったな、うん。

「それじゃあ、ミスト。事情聴取が終わったんだったな。結果は？」

「はい。ジャイアントマーダービーの〝巣〟があるのは、この街から北東に歩いて一日半ほどの距離がある場所になるそうです。おおよその場所はこの地図の範囲だそうですわ」

ちっ、やっぱり〝巣〟かよ。

スヴェインの予想が嫌な方で当たってやがる。

「その距離をよくあの傷で生きて帰ることができたな」

「森の中を《シルフィードステップ》で全力疾走したそうですわ。なので、万が一追跡されていても、あと二日程度の余裕はあるとの見立てです」

「……二日しか余裕がねえ。ってことか」

「はい。早急にギルドの方針を決めねばなりません。攻めに出て巣を破壊するか、守りに出て街を大攻勢から防ぐのか」

どう動くか、か。

相手はジャイアントマーダービー、空から襲いかかってくる以上、街壁なんて役に立たねえ。しかも、子供のような力の弱い連中を優先的に狙う狡猾《こうかつ》な種族、どうするかなんて決まってる。

「攻撃に出る。ジャイアントマーダービーを相手に街を守るなんざ不可能だ」

「私も同意見ですわ。緊急依頼の承認を。依頼対象はCランク上位以上、出発は明朝、日が昇る前」

「承認する。Cランク下位がいてもジャイアントマーダービーの巣相手じゃ太刀打ちできねえ」

「かしこまりました。それと【ブレイブオーダー】ですが二日後にはリーダーも含め動けるだろうという予測です。装備の損傷が激しいため、そちらは予備のものとなるようですが……」

「リーダーはあんだけの傷を負っていたのにか？　そこまで効くのかよ、スヴェインの増血剤は」

「そのようですわね。可能でしたら増血剤なども購入するべきでした」

「過ぎちまったもんは仕方がねえ。緊急依頼の発行を急ぐぞ」

「はい」

「オーダーは最低でも〝ジャイアントマーダービーの巣をひとつ破壊〟、可能であれば〝索敵可能な範囲の巣を全滅〟だ」

「可能な範囲の巣を全滅？」

「ああ。スヴェインから不吉な話を聞いた。この本にも同じことが書いてある。読んでみろ」

俺はミストに猛毒性魔物特性集二巻の内容を見せる。

それを見たミストの顔は段々青ざめていった。

「……オーダー、了承いたしました。食料補充のため何度か街に帰還することになるでしょう。

ですが、街の周囲にある森全域をくまなく探さねば」

「ああ。下手すりゃ【ブレイブオーダー】が見つけた巣よりも街の近くに巣がある可能性だってある。徹底的に潰すぞ」

「はい！」

ミストは慌てて部屋を出て行っちまったな。

状況を考えれば当然か。

いつコンソールが大攻勢を受けてもおかしくない状況なんだからな。

さて、殺人鉢どもとの戦い、絶対に勝たねえと。

子供にあんな啖呵《たんか》まで切ったんだ、大人の意地を見せてやんなくちゃなんねえ！

＊＊＊＊＊＊＊＊

「《ガイアランス》！」

「《フレアアロー》！」

俺とミストが放った魔導具の魔法が炸裂《さくれつ》してまたジャイアントマーダービーが二匹消し飛んだ。

いや、この指輪……強すぎるだろ？

「……ティショウ様、間違えてもこの指輪の存在は他言できませんわ」

「言われなくてもわかってる。なんで魔力の少ない半獣族の俺でさえ魔力枯渇を起こさず、あんなクソ強い魔法を連発できるんだよ……」

スヴェインから借りた魔導具の魔宝石とやらが使われている指輪。

これの性能がよすぎて困る。

地上付近のジャイアントマーダービーは冒険者どもに任せているが、空にいるジャイアントマーダービーは俺とミストがこの魔導具で狙い撃ちにしてバラバラだ。

《ガイアランス》は矢なんて目じゃねえ速さでかっ飛んでいくし、《フレアアロー》はジャイアントマーダービーが逃げようとすると軌道を曲げて確実に突き刺さる。

こんなもんが作れるってこたぁ本人たちは、これ以上の魔法の使い手なんだろうなぁ……。

とりあえず同行している冒険者からは〝アーティファクト〟ってことでごまかしているが、こんなものを量産できるなんて知られたらマジで戦争だ。

「……ジャイアントマーダービーが一斉に一方向へ移動を開始しましたわね」

「俺たちが倒しすぎたせいで警戒モードに入ったな」

ジャイアントマーダービーの習性として短期間で多数の仲間を失った場合、巣へと逃げ帰り守りを固める〝警戒モード〟に移行する。

こうなれば巣の方向もよくわかるし、あとは巣を潰すだけ、そう考えて巣までやってきたが甘かったようだぜ。

「これは……少なく見積もっても五十匹、おそらく六十匹から七十匹は飛び交っていますわね」

「ああ。こんな大物相手じゃ【ブレイブオーダー】が後れを取るのも無理はねえよ」

「いかがいたしましょう?　まともに攻めては被害が甚大になります」

「……指輪の力を借りるっきゃねえ」

「承知しました。まずは私が氷嵐の魔法で数を減らします。そのあと、ティショウ様は嵐剣の魔法でとどめを」

「わかった。それを何回か繰り返して数を一気に減らすぞ」

「はい」

俺たちがいままで使っていた指輪は《フレアアロー》と《ガイアランス》の二種類、要するに〝単体攻撃魔法〟のみだった。

それ以外の〝範囲攻撃魔法〟を使うのは今回が初めて。

なにが言いたいかってーと……指輪の性能を舐めすぎてたってことだ。

「蜂、ほぼすべて凍っちまったな」

「ですわね。絶対に混戦では使えませんわ」

たった《ブリザード》一回、それで蜂はほとんどいなくなった。

そうなると巣の中から増援の蜂どもが出てくるわけだが……。

「《ストームブレイド》」

ほぼ一直線に飛び出してきていた蜂どもは嵐の刃に絡め取られて全滅。

巣の一部まで破壊してしまいやがった。

ジャイアントマーダービーの習性として巣が危険になった場合であっても巣を捨て去ることはできず、全滅するまで守り続けるしかねえんだが、それだって俺たちの魔法であっさり片が付く。

ジャイアントマーダービーが出てこなくなったところで《サンダーソード》の魔法で巣を切り落とし、油をかけて念入りに焼いて駆除をしておいた。

そのあとは、数日間その場に留まり、ジャイアントマーダービーの生き残りがいないか確認してこの巣は終了。

俺たちは次の巣を探しに出たわけだが……やっぱり他にも巣がありやがった。

結局、途中途中で街へ補給に戻ったりもしたが、破壊した巣の数は全部で七つ。

だが冒険者の死者なし。

ディスヴェノムを使ったことはあった。

だが、その程度で特級品ポーションの出番すらない。

この指輪、強すぎるなんてもんじゃないぞ？

「……非常にあっけなかったですわね。危険度Bランクの依頼でしたのに」

「まったくだ。強すぎだぜ、この指輪。一カ月以上かかったとはいえ、ジャイアントマーダービーの巣を七つも破壊して冒険者の死者数ゼロとかなんだよ？」

「そのような危険物、早くお返しになった方がよろしいのでは？」

「だな。ちょっくら、コウの屋敷に行ってくる」

馬を出してコウの屋敷に向かったが、すでにあいつらは街を出ていた。

次に来る予定は冬になってかららしい。

こんな危険物を預からなくちゃいけないのは気が気じゃねえが……仕方がねえ。

ギルドマスタールームにある、俺しか開けられない魔導金庫にしまっておこう。

俺にだって怖いものはあるんだよ。

……さっさと戻ってこい、スヴェイン、アリア、リリス。

【第４章】人助けの依頼

「大丈夫でしょうか、冒険者の皆様……」

ティショウさんと別れ、冒険者ギルドの一階へと戻ってきたあとも、アリアの心配は収まっていないようです。

僕が渡した魔宝石を有効活用してくれれば大丈夫でしょうが……間違えて味方を巻き込まないようにしてもらいたいですね。

「あの〝魔宝石魔導具〟だったか？　実際にはどの程度の出力が出るのだ？」

「そうですね……ジャイアントマーダービーを一匹ずつ倒す程度なら《フレアアロー》と《ガイアランス》で十分です。警戒モードに入り、多数のジャイアントマーダービーを同時に倒さねばならなくなった時のために残りの指輪を渡してきました」

「そうか。ティショウ殿たちなら使い方を見誤ることもないだろう。それで、このあとはどうする？」

「そうですね……身分証は手に入りましたし、ニーベちゃんの基礎指導を行いましょうか」

ニーベちゃんは魔力操作こそできますが錬金術の基礎さえ知りません。

まず、そこを教えてあげないと先に進めないでしょう。

「それは助かるな。具体的にはどうすれば……」

「あ、あの！　先ほど冒険者の方々を治療していた錬金術師様ですよね!?」

僕にしがみつくように話しかけてきたのは薄汚れたローブにボサボサの緑色の髪をした少女。ただ、浮浪児という雰囲気でもなく、むしろ無理をして旅をしてきたような印象があります。

「はい、そうですよ。それがどうかしましたか？」

「あ、あの！　お姉ちゃんの治療薬を、〝マーメイドの涙〟を作製してほしいんです！」

「〝マーメイドの涙〟？」

はて、〝マーメイドの涙〟なんて治療薬、僕の知識にすらないのですが……。

似た名前の薬は知っていますが、念のためワイズに聞くべき案件でしょうか。

「スヴェイン様、そのような薬ご存じですか？」

「いいえ、リリス。似たような名前の薬は知っていますが……」

「ふむ。なにか事情がありそうだな。とりあえず私の屋敷に連れ帰るとしよう。こう興奮していてはまともに話も聞き出せまい」

「そうですね。コウさんがお許しくださるなら」

「構わんよ。それにスヴェイン殿たちを見ている限り、助けられる者を見捨てるのは性に合わないのだろう？」

「その通りなのですが……コウ様にご迷惑をおかけするのも」

「気にするな。その少女も身なりからして浮浪児の類いではなくどこかの街から渡ってきた、それも無理をして渡ってきた旅人のようだ。まずは屋敷で汚れを落としてもらい、軽い食事でもごちそうして落ち着いたあとに話を伺おう」

コウさんの勧めに従い少女を連れてコウさんの屋敷に戻り、彼女の汚れを洗い流してもらって

から軽い食事を取らせました。

そうすると少し落ち着いたのか切羽詰まった様子は少しだけ消え去り、あらためて話をしてくれる雰囲気になったようです。

「あの、先ほどは取り乱して申し訳ありませんでした。ボクは隣街のヴィンドから来たエリナといいます」

「ええ、落ち着いてくれたようでなによりです。僕はスヴェイン。旅の錬金術師です」

「はい、よろしくお願いします、スヴェイン様。それで、先ほど冒険者ギルドで使用なさっていた特級品のポーションはスヴェイン様がお作りになったものでしょうか？」

「そうですね、僕の自作です。先ほどあなたは〝マーメイドの涙〟を作製してほしいとお願いしてきましたが、経緯は？」

「……はい。ボクのお姉ちゃんが呪いで喉を潰されてしまっているんです。お爺《じい》ちゃんも可能な限り手を尽くして〝マーメイドの涙〟を作れる錬金術師様を探しているのですが、いままで作れた方は誰もいらっしゃらないみたいで……」

なるほど、呪いで喉を。

ですがそうなると……。

「お爺ちゃんによれば、まだあと一回分の素材は残っているらしいんです。お爺ちゃんが知る限り、国内の高名な錬金術師様は全員だめだったそうで……お願いします、お姉ちゃんを助けてください！　ボクにできることでしたらなんだってしてします！」

「ふむ……」

「スヴェイン様……」

「スヴェイン様、どうなさるのですか？」

「スヴェイン殿？」

僕に注目が集まりますが……まずはいろいろはっきりさせねばなりませんね。

あまりにも曖昧すぎる依頼です。

これでは引き受けようがない。

「エリナさんでしたか？　まず確認です。あなたのお姉さんは〝呪い〟で〝喉〟を潰されているんですよね？」

「はい。その通りです」

「その経緯を教えていただけますか？」

「構いません。ボクのお姉ちゃん……イナお姉ちゃんは【歌姫】という特殊な『職業』を授かっていました」

「【歌姫】？　スヴェイン殿はご存じか？」

「ええ、まあ。わかりやすく言うと、吟遊詩人系列の特殊上位職です。女性のみが授かることができ、歌に乗せて精神を安定させたり気分を活性化させたりなど、さまざまな効果を与えることができる『職業』だと記憶しています。ただ吟遊詩人系列の特殊上位職のため、【吟遊詩人】の中でも授かることのできる方は数千人にひとりとも言われていますが」

「……本当にスヴェイン様は博識なんですね。イナお姉ちゃんはボクのお爺ちゃんが経営している宿の食堂で歌ったり、街の広場や冒険者ギルドなどでよく歌ったりしていました。ですが、四年ほど前のある日、どこかのお貴族様のご子息がイナお姉ちゃんの歌に目を付け、専属の歌い手として連れ去ろうとしたんです」

「酷い……」

「アリア様、どこの国にでも横暴な貴族はいるものです」

「そうですね。続きを」

「はい。それで、イナお姉ちゃんは聴衆だった冒険者の皆様のお力添えでなんとか逃げ出そうとしたものの……お貴族様の護衛に殴り倒され、抵抗したことに反感を覚えたお貴族様によって殴る蹴るの暴行を受けたそうです。最後はお貴族様の持っていた剣で突き刺され、喉を潰されました」

「なんと惨《むご》いことを……」

「お爺ちゃんや代官様が駆けつけたのはその頃で、イナお姉ちゃんは救われ治癒術師様の治療を受けて一命を取り留めたのですが、喉だけは治りませんでした」

喉だけは治らなかった？

単純に剣で潰された結果、喉が治らなかっただけならばわかるのですが、なぜ〝呪い〟が？

「治癒術師様によると、喉を潰した剣には特殊な呪いがかけられていたそうです。すぐに解呪の魔法もかけていただきましたが治らず、対処ができませんでした」

「特殊な呪いの剣……まさか、モランテ子爵家の嫡子だった者か？」

「コウさん、モランテ子爵の嫡子とは？」

「スヴェイン殿、この国の貴族のひとりがモランテ子爵だ。そのかつての嫡子はご禁制の呪われたアイテムのコレクターだった。四年前に起こした騒動でそれが国に露見し、廃嫡の上処刑になったと聞いたが……そのような事情とは」

そうですか、呪具のコレクター。

すでに処刑されているようですが、エリナさんの慰めにはなりませんね。

「それで、エリナさん。なぜあなたは隣街から錬金術師を探しに？」

「……ヴィンドの街はコンソールの隣街ではあるんです。でも、コンソールよりもはるかに活気がなく寂れた港町でしかないんですよ。それで、コンソールまでやってきたんです」

「ちなみにどうやってこの街までやってきたのか聞いてもよろしいか？　馬車に乗ってやってくれば、あのようなボロボロの恰好《かっこう》になるとは思えないのだが」

「……申し訳ありません。馬車賃もないので歩いて参りました。そのあとも一日一食で食いつなぐのがやっとで宿にも泊まれず、路上で寝ており」

……さすがに呆れたものです。

背格好を見る限り、僕たちとほぼ同年代の少女が、どの程度の距離かはわかりませんが隣街から歩いて渡ってきた。

それも毎日の食費にさえ困り、宿代すら払えない程度のお金しか持たずとは。

命知らずにもほどがあります。

さて、どうしたものか。

「最初に。エリナさん、命がけの旅などしないでください。あなたがどれだけの日数をかけてこの街まできたのかも知りませんし、どの程度の日数をこの街で過ごしたかも知りません。ですが、あなたもまたお爺さんのお孫さんなのでしょう？　絶対にお爺さんに心配をかけているはずです。ちゃんと許可を得てきましたか？」

「それは……黙って出てきました」

「なおさら悪いですね。イナお姉さんでしたか。その方を助けたいのはわかります。ですが、あなたが死んでは意味がない。命は粗末にしないこと。いいですね？」

「……はい」

「僕からのお説教はここまでにしておきます。リリス、なにか言いたいことはありますか？」

「いろいろとありますが……スヴェイン様からのお説教で十分でしょう。付け加えるならば、乙女の操を散らす可能性があるような真似をするのは今後やめなさい」

「……わかりました」

「アリアは？」

「私からはなにもございません。とんだ無鉄砲娘だとだけはわかりましたが」

「……うぅ」

「コウさん、言いたいことはありますか？」

「私からもなにもない。言いたいことはすべて言ってくれた。ただ、コンソールからヴィンドまでは馬車を使って七日から八日の旅路。それをひとりで歩くなど無謀にもほどがある」

「……申し訳ありません」

お説教はここまでにしておきましょう。

話が進まなくなってしまいます。

確認することを確認しないと。

「それでは本題に戻りましょう、エリナさん。あなたのお姉さんは〝呪い〟で〝喉〟を潰されている。これは間違いありませんね？」

「は、はい。間違いありません」

「それで必要な薬は〝マーメイドの涙〟ですか？」

「そのはずです。コンソール錬金術師ギルドにも行って確認を取ってきました」

……コンソール錬金術師ギルドとはそこまでレベルが低いのでしょうか？

いえ、そもそも〝霊薬〟の知識が一介のギルドにはない？

「あ、あの？」

「エリナさん、あなた、お爺さんから必要な薬の名前はきちんと聞いてきましたか？」

「え？」

「〝喉の呪いの解呪薬〟は〝マーメイドの歌声〟です。〝マーメイドの涙〟なんかじゃありません」

「そ、そんな……」

「そもそも僕が知る限り〝マーメイドの涙〟なんて薬はありませんよ。ともかく、今回の解呪薬は〝マーメイドの歌声〟のはずです。あなたの頑張りは認めますが……コンソール錬金術師ギルドに行ったことは無駄でしたね」

錬金術師ギルドのレベルが低いかどうかはおいておきましょう。

どちらにしても今回の治療薬は〝霊薬〟です。

僕だって素材が揃っていないと作れないもの、果たして作れるかどうか……。

［第５章］マーメイドの歌声を作るには

「とりあえず、エリナちゃん。あなたも急ぎでしょう。ですが、いまからヴィンドとやらに出発するわけにもいきません。僕は僕でやることがありますからね」

「……はい」

詳しい話を聞くと彼女はまだ十一歳だそうで、呼び方もエリナちゃんに変えさせてもらいました。

そんな些細《ささい》なことはともかくとしてコウさんの屋敷でやるべきことがまだ残っています。

まず、そちらを片づけねば隣街に渡るなどできません。

ニーベちゃんの将来に関わりそうなことですから、不義理な真似はできません。

「スヴェイン様。今後はどうなさるおつもりですか？」

「そうですね。まずはニーベちゃんに錬金術を教えるための部屋、アトリエを準備していただかねば」

「アトリエ……ですかな？」

「はい、コウさん、アトリエです。わかりやすく言ってしまえば作業部屋ですね。いまはまだ魔力操作しか教えていませんが、次の段階からは本格的な錬金術指導に入ります。そうなると屋敷の部屋を間借りして行うだけでは危険が伴うんですよ」

「危険が伴う？」

「錬金術の実践の中には火や危険物を取り扱うものもあります。初級の範囲ではそのようなものを取り扱うことはあまりないですが、ワイズに言わせればスキルレベルを40まで上げなければいけないとのこと。専用部屋を最初から用意してあげた方がいいでしょう」

「なるほど、一理ありますな」

「その部屋では水や火も扱います。最初期の段階で素材となる水は錬金術を使い作ってもらうことになりますが、一番初めは湯冷ましの水が必要になるでしょう。それに少なくとも水は大量に使うことになるので……」

「排水設備の工事も必要と」

「はい、そうなります。初期の水は普通に排水しても構いません。でも、ポーションとして完成したものは、きちんとした手順を踏んで廃棄しないと水質汚染の原因にもなります。いろいろ大変なんですよ」

本当に錬金術のアトリエっていろいろな設備が必要なのです。

できれば水場が近くにあった方がいいし、初期の頃は水を浄化できる簡易錬金布などもあった方がいい。

さすがに簡易錬金布は渡せませんが、いろいろな設備は揃えていただかないとなりません。

「ともかく、本格的に錬金術を習わせるには作業部屋は必須です。コウさん、ご用意いただけますか？」

「娘のためだ、構わないとも。どのような部屋が望ましい？」

「できれば水場が近く、燃えやすいものがない、それでいて広すぎず狭すぎない部屋です。更に言えば、内部で別の部屋と繋がっているとより便利になります」

「水場と燃えやすいものがないのはわかる。部屋のサイズと別の部屋に繋がっていた方がいい理由は？」

「広すぎると素材などを取りに行く時に移動が大変です。狭すぎると素材が置けず、ものを引っかける恐れがあります。別の部屋と繋がっていた方がいいのは、そこを素材置き場や資料置き場にすることができますからね」

「なるほど……それならばちょうどいい部屋がひとつ空いている。案内するのでついてきてくれ」

コウさんに案内された部屋は水場……正確には井戸のある入り口からほどよい近さの部屋で、排水設備を整えるのもかなり楽だそうです。

また、いま現在は使っておらず、敷物などもないため可燃性のものが少なく、広さもひとりで使うには広めですが内部で隣の部屋と繋がっており、そちらもそれなりの広さがあるために素材置き場などに使えるでしょう。

この部屋ならば便利そうですね。

「コウさん、この部屋の改装ってお願いできますか？」

「ああ、構わないとも。望むのであれば魔導具のポンプで直接室内に水を取り込むことも可能だ」

「至れり尽くせりですね。ニーベちゃんの体力を考えれば都合がいいですが。それではこの部屋の改装工事をお願いいたします」

「わかった。だが、どのような部屋にしてどのような設備があればいい？　錬金術の設備にはかなり大がかりなものもあるが」

「最初は初心者向けの錬金台ひとつと……蒸留装置ひとつから始めましょう。その後、成長具合に応じて必要な設備などを買い足す形で」

「必要な設備……ポーションを自動で瓶詰めする機械などか？」

「あれもあると便利なのですが……メンテナンスが大変ですよ？　汚れてしまうと品質に影響が出ますから。あると便利なのは薬草の保管器などですね」

「薬草の保管器？」

「はい。薬草から魔力が抜け出すのを防ぎ、新鮮で品質が落ちないように保つための魔導具です。……ひょっとして、この国では流通していませんか？」

「すまない。私の商会では取り扱ったことがない。錬金術道具店ならばあるかも知れないが」

「じゃあ、そこは別の方法で解決しましょう」

僕が鍛えるとなると薬草栽培も教え込みます。

薬草保管器がないならマジックバッグを与えてその中にしまっておいてもらいましょう。

採取用のナイフや砥石《といし》なども一緒にしまえて便利ですし。

「ともかくまずはそのような形でアトリエ作りからです。設計は……リリス、僕のアトリエの設計を覚えていますよね？」

「もちろんです。まったく同じ部屋を再現することも可能です」

「では申し訳ありませんが、リリスがこの部屋の広さに応じたアトリエの設計を担当してください。作業台などもニーベちゃんの身長に合わせたものを。改築費用は……」

「娘のための作業部屋だ。当然私が支払う」

「……それなりに高く付きますよ？　水回りの工事も多いですし」

「スヴェイン殿にはニーベを助けていただいたご恩もある。それに娘の指導にかかる費用だ、私が支払うのは当然だろう」

「それでは、申し訳ありませんが改築費用はコウさんが支払ってください。リリス、僕とアリアはエリナちゃんを送ってヴィンドの街へ向かいます。どの程度、あちらの街で滞在することになるかはわかりません。ワイズも僕たちが連れて行きますので、代わりにニーベちゃんへの魔力操作指導を」

「かしこまりました」

はい、リリスは魔力操作をはじめとした一連の基本スキルを指導できるのですよね。

それなのに、僕たちが子供の頃は教えてくれなかったのですよ。

リリスに言わせると「私は頼れるお姉さんでいたかったですから」らしいです。

確かに頼れる心配性なお姉さんでしたが……もう少し指導をしてくれてもよかったじゃありませんか。

「……さて、作業部屋、アトリエの手配は済みました。ワイズの代わりにリリスがニーベちゃんに魔力操作の指導を行ってくれることも決めています。リリス、他にいまのうちから決めることはありますか？」

「そうですね……魔力操作のスキルが上がりきった場合、なにを指導いたしましょう？」

「アトリエの完成には時間がかかりそうですし、基本的な魔法の使い方を教えてあげてください。魔力操作が上がりきれば魔法のコントロールも楽になるでしょう。それから、最大魔力も可能な範囲で上げてあげてください。おそらく、上位のポーションに進んで行くには魔力がまだまだ足りません」

「承知いたしました。スヴェイン様たちはすぐに出発なさいますか？」

「そうします。ここからヴィンドという街までの距離が馬車で七日から八日なら、ウィングとユニを使えば一日程度でしょう。いまから出発すれば明日のお昼頃には到着しますよ」

「な、スヴェイン殿⁉　そんなことをすれば馬が潰れてしまうのでは⁉」

「ウィングたちにとっては普通です。リリスの黒曜が単騎駆けするならもっと速いですし」

「……そこまでの駿馬でしたか」

「そうなります。コウさん、申し訳ありませんが、リリスを置いていきますので、彼女の設計に従ってアトリエの準備をお願いいたしますね」

「わ、わかった。早い帰還を待っている」

「長くは空けませんよ。アリア、エリナちゃん、行きますよ」

「はい、スヴェイン様」

「は、はい！」

僕たちはエリナちゃんを伴ってウィングとユニに騎乗すると、ヴィンドの街があるという方向の街門から街を出ます。

ある程度の距離までは一般的な馬が駆ける程度で、街が遠く離れてからは本気の速度で駆け抜け始めました。

ちなみに、エリナちゃんは女の子なのでアリアの後ろにしがみついてもらっています。

「は、速い⁉」

「この程度できないと困りますからね。ところで、エリナちゃん。草原とかを駆け抜けてもいいですから、ヴィンドへ短い距離で行けるルートはありませんか？」

「い、いいえ！　そんなルートわかりません⁉」

「そうですか。仕方がないので街道脇を駆け抜けましょう。アリアも構いませんね？」

「もちろんですわ。すれ違う方や追い抜かす方を驚かせてしまいますが、本気を出しましょう」

「え？　まだスピードが上がる？」

「エンチャントをかけていませんから。相談も終わりましたし一気に行きましょう。エリナちゃんも下手に口を開けると舌を噛みますよ」

「は、はい！」

「では。幽玄のカンテラよ、瞬《またた》きの灯火を照らせ。《エンチャント・スピードアップ》！」

「ひゃ、ひゃあ⁉」

カンテラの力で更に高速化したウィングとユニにより、他の馬車や馬をどんどん追い抜かしながら街道脇を駆け抜けます。

追い抜かれた方々は驚いているか、あるいは気がついていないかもしれませんが……僕たちには関係ないので、気にしないことにしましょう。

そして時折休憩を挟みながら街道を駆け抜け、空が暗く染まった頃に野営を行うことにしました。

まずは周囲に魔導具を設置して……よし、これで野営の準備は完了ですね。

秘境などではないですからこれで十分でしょう。

「それではここが今日の野営場所ですね」

「あの、スヴェイン様。ここって……森の側ですよ？　寝ているところをモンスターに襲われたら……」

「ああ、結界石を周囲に置いてから寝るので心配いりません」

「結界石？」

「まあ、聖属性の結界魔法、《サンクチュアリ》の壁を常に張り続ける魔導具だと考えてください。これで守られている限り、下位竜のブレス程度ではびくともしませんから」

「……それ、本当に大丈夫なんですか？」

「機能テストもしましたし大丈夫ですよ？　とりあえず、僕の《ストレージ》に入っている食料を差し上げます。それを食べてください」

「は、はい。……野営なのにこんなしっかりした食事ができていいのかな？」

「細かいことは気にしない。ローブも貸してあげますから今日はそれにくるまって寝なさい」

「わ、わかりました……本当に大丈夫なんですよね？」

「大丈夫ですわ。この程度の森に出没するモンスターなどハングリーウルフがせいぜいでしょう？　結界石の守りを破ることなどできやしませんよ」

「は、はい。ええと、先に眠らせていただいてもよろしいでしょうか？」

「構いませんわ。ゆっくりお休みなさいませ」

「ええと、お休みなさい」

「はい、お休みなさいませ。いい夢を」

　エリナちゃんは横になると数分で眠ってしまいました。

　いままでまともに休めたことなどないのでしょう。

　路上生活を続けていたと聞きましたたし、無理もない。

「それで、スヴェイン様。マーメイドの歌声は作って差し上げるのですか？」

「状況を見て判断ですね。素材が足りなければ諦めていただきますし、僕らがすぐに集められるものだけならば集めてもいいでしょう。それにこの国の錬金術、どうにも水準が低い気がしてなりません」

「……そうですわね。たかだか〝最高品質〟のポーションだけで大騒ぎになるだなんて」

「グッドリッジが薬草栽培で高品質な薬草類を大量入手出きる環境を整えてしまったのはわかります。ですが、それを抜きにしても塩漬け依頼だった内容や、ティショウさんが〝最高品質の魔力水〟を見た時の反応に違和感があります」

「はい。スヴェイン様が特殊だったとはいえ、シュミットでは〝最高品質の魔力水〟程度、錬金術師ギルドで学ぶ内容ですわ」

「五歳でそれが作れた僕は相当な変人ですけどね。ともかく、どうするかはヴィンドの街でエリナちゃんのお爺さんにあって詳しい話を聞いてからです。マーメイドの歌声よりも下位の回復薬で治療できる可能性だってありますから」

「魔法薬で治せる可能性もありますわ。詳しい話を伺い、行動方針を決めましょう」

「はい。ウィングとユニもよろしくお願いしますね」

『わかってるよ』

『普通の馬のフリは面倒だけど、聖獣だってばれるわけにはいかないものね』

「そういうことです。さて、僕たちも寝ましょうか、アリア」

「はい、スヴェイン様。よい夢を」

「ええ、よい夢を」

こうして僕たちは眠りにつきました。

翌朝、日の出とともに起き出してエリナちゃんを起こし、朝食を食べたら移動再開です。

最高速度で飛ばした甲斐《かい》があり、ヴィンドという街には昼前に到着することができました。

僕たちは入街税を支払って街の中に入り、エリナちゃんの家だという宿『潮彩の歌声』へと向かいます。

それにしても、エリナちゃんが『寂れた港町』と言っていましたが、確かに街の中に活気がありませんね。

賑わう時間帯を外れている宿屋街を進んでいるのでそう感じるだけでしょうか？

「着きました。ここがボクの家、『潮彩の歌声』です」

「これはまた、立派な宿屋ですね」

「はい。相当な高級宿では？」

「……ヴィンドの街では最高級な宿のひとつだそうです。お客様もよく入っています。とりあえず馬は厩舎に繋いでください。お爺ちゃんたちにはボクから事情を説明しますので」

「わかりました。前庭に放置するわけにもいきませんしそうしましょう」

前庭に放置しても適当に休んでいるだけでしょう。

でも、普通の馬のフリをしてもらわねばなりません。

ウィングとユニには窮屈でしょうが、厩舎に入っていてもらいましょうか。

「……こっちです。ほぼ二カ月ぶりの帰郷なのでものすごく怒られそうですが」

「エリナちゃん、あなた、どれくらいコンソールで暮らしていたんですか？」

「一カ月ちょっとです。ヴィンドからコンソールに渡るのも四週間くらいかかりました」

「存分に怒られなさいな」

「……はい」

さすがに味方はできませんね。

事情を聞くのが少し遅れたとしても、まずこの家出娘を存分に叱《しか》りつけていただきましょう。

宿の正面扉を開けフロントに入るとそこにはひとりの老紳士が立っていました。

ただ、エリナちゃんの姿を見て呆然《ぼうぜん》としています。

「……エリナ！　いままでどこに行っていた⁉」

「ごめんなさい、お爺ちゃん。いま帰りました」

「いま帰ったではない！　お前がいなくなってからもう二カ月近くが経つのだぞ！　街の中は方々手を尽くして探したが見つからず、衛兵に聞いてもそれらしい人は街を出ていないと聞いた！　どこでなにをしていたのだ！」

「ええと……コンソールに行ってイナお姉ちゃんの治療薬を作れる錬金術師様を探しに行っていました」

「コンソールにだと⁉　どうやって行っていたのだ！　お前の所持金では……」

「……歩いて行った。安全な場所を選んで寝泊まりしながら行ったから四週間くらいかかっちゃって」

「ああ、なんと命知らずな！　それで、どうやって帰ってきた⁉」

「それは、その……旅の錬金術師様たちに送り届けていただいて……」

「旅の錬金術師様？　……おお、失礼いたしました。無鉄砲な孫娘ばかり目に入り、他にもお客人がいたことに気がつかず」

「いいえ、存分に叱ってあげてください」

「はい。聞けばコンソールでもずっと一日一食で路上生活を続けていたとか。そのような命知らずの無鉄砲娘、存分に叱ってあげてくださいまし」

「いや、お客様たちがこの馬鹿孫を連れ帰ってくださったのでございましょう？　まことにありがとうございました。私は当宿のオーナー、エルドゥアンと申します」

「ご丁寧にありがとうございます。僕は旅の錬金術師でスヴェインです」

「同じくスヴェイン様の恋人で相棒、旅の魔術師アリアですわ」

「錬金術師スヴェイン様と魔術師アリア様……まさか」

「そんなことよりもお爺ちゃん。このおふたりならイナお姉ちゃんの治療ができるかもしれない。せめて容態だけでも診てもらえるようにお願いできないかな？」

「……まずは馬鹿孫を連れ戻していただいたお礼が先決ですな。昼食はお済みでしょうか？」

「いえ、まだです。ここまで馬で急いできたものですから」

「わかりました。当宿の食堂にご案内いたします。食事代はサービスいたしますのでお好きなものをお召し上がりください」

「いいのですか？」

「孫の命を救ってくださったことに比べれば安いものです。おふたりが昼食を食べている間、この馬鹿孫にはたっぷりとお説教をしておきますので」

「そうしてあげてください。僕もかばえません」

「ええ、二度と自分の命を粗末にしないように」

「はい。では、こちらへ」

エルドゥアンさんに案内していただいた食堂は非常に清潔な空間が保たれており、華美にならず質素すぎない優雅な場所でした。

本来の営業時間には少し早いそうですが厨房の準備は整っているそうで、僕たちはお言葉に甘えて食事をいただくことに。

港町だけあって魚料理がメインとなっていますが、僕たちも魚料理は滅多に食べたことがないので新鮮味がありとても美味しいです。

少しアリアが食べすぎていたのが気にかかりますが……一日くらい大目に見ましょう。

食事が終わったころ、厨房からひとりの女性が僕たちのもとへとやってきて深々とお辞儀をし、話しかけてきました。

「スヴェイン様、アリア様。娘を連れ戻していただきまことにありがとうございました」

「娘……エリナちゃんのお母さんですか？」

「はい。エルドゥアンの娘でエリナの母、レオニーと申します。この度は本当に娘が迷惑をおかけしたようで……」

「僕がかけられた迷惑はいきなりすがりつかれたくらいです。あとは……指導予定だった少女を置いてきてしまったことでしょうか」

「……それは大変申し訳なく」

「いいえ、少女の方は僕の護衛兼従者を置いてきました。まだまだ初期指導も行っていない状況ですから彼女からの指導で二週間程度は大丈夫です。逆に言えば、あまりのんびりしている暇もないのですが」

「ええ。時折、指導をつけるだけとはいえ、弟子ということにしてしまいましたわ。最初から不義理な真似はできませんもの」

「二週間……それではすぐにでもヴィンドを出発しなければならないのでは？」

「僕たちの馬は特別速いですから。しばらくは逗留《とうりゅう》することも可能ですよ」

「はい。それにエリナちゃんのお姉さんのイナさんでしたか、彼女の容態も気になります。乗りかかった船ですので可能な範囲でのお手伝いはさせていただきますわ」

「本当に申し訳ありません。父も後ほどイナの容態を診ていただきたいと言っておりました」

「はい、構いません。必要な薬がマーメイドの歌声かどうかも調べさせていただきます」

「マーメイドの歌声は霊薬ですもの。そう簡単には作れませんし、高価な代物。素材だって私どもは持ち歩いておりませんので」

「素材は父があと一回分は揃えているはずです。霊薬の名前も確かマーメイドの歌声だったはず。

どうかよろしくお願いいたします」

レオニーさんはもう一度頭を深く下げ、僕たちにお願いすると、僕たちが食べ終わった食器を片付けていきました。

入れ替わるようにエルドゥアンさんがやってきて僕たちの泊まる部屋の準備ができたと教えてくれました。

長い間逗留するつもりはなかったのですが、少なくとも一日は泊まることになりそうですしご厚意は受け取りましょう。

そして案内された部屋ですが……どう見てもこの宿で最上級の部屋。

それもふたり部屋ではなく四人部屋です。

……これは。

「あらためて、孫の命を救いヴィンドまで送り届けていただきありがとうございました。【隠者】スヴェイン＝シュミット様、【エレメンタルマスター】アリア＝アーロニー様」

「ッ‼」

正体を看破されたことで、アリアが一歩飛び退き魔法の準備を整えようとしますが、射線上に僕が割り込んでそれを止めました。

「スヴェイン様！」

「落ち着きなさい、アリア。エルドゥアンさんでしたね、どうして僕たちの正体を？」

「試すような真似をして申し訳ありません。グッドリッジ王国とこの国とは魔の森を境にして面しているため国交を持てず、多くの国々を経由しなければいけません。ですが、私は元Ａランク冒険者、その伝手《つて》はいまも生きております。それであちらの国の事情も把握しているのです。その伝手からおふたりのことも知っておりました」

「……事情はわかりました。なぜ私どもをわざわざ『職業』付きで呼んだのでしょう？」

「申し訳ありません。念のための確認でございます。髪の色の特徴はあっておりましたが、十歳で国を出奔され、いまは十三歳。それ以外の身体的特徴まではわかりませんでした」

「僕たちを確認した理由はわかりました。ですが、なぜ僕たちがスヴェイン＝シュミットとアリア＝アーロニーだと？」

「スヴェイン様のローブと杖、カンテラは神具と聞いております。私の鑑定でも鑑定不能としかわかりませんでしたし、恐ろしく上物の装備と一目でわかりました。アリア様の装備も鑑定不能。ローブはなにかのドラゴンレザー系でしょうが素材がなにかはわかりません。おふたりが着ている服も偽装が施してあるようですがアラクネシルクと推測されます。それも恐ろしく上物の」

「……そこまでわかりやすいですか。僕たちの装備は」

「見る者が見ればわかるとだけ。その偽装が見抜けるものなど〈神眼〉持ちでも滅多にいないでしょう」

さて、困りましたね。

僕たちの装備は確かに超一流の装備です。

僕の装備しているローブや杖は『星霊の儀式』で授かった神具ですし、アリアのローブはエンシェントホーリードラゴンの翼膜の皮から作ったローブ。

僕たちの服も聖獣のアラクネが作ったミストアラクネシルクに、エンチャントを可能な限り施した特別製の旅装です。

アリアの身の安全のためにも普通の装備に変えるわけにはいきませんでした」

「スヴェイン様、とりあえずエルドゥアン様の話を伺いましょう。私どもの装備については……わかるものにしかわからないようですし」

「そうしましょうか。それで、エルドゥアンさん、僕たちへの用件はなんでしょうか？　このような豪華な部屋まで用意していただいたのに、理由がないわけはないですよね？」

「はい。まず、四人部屋なのは国を出奔された際、護衛として使用人の方も一緒に脱出されたと伺っていたためです。孫娘の話ではコンソールに留まっているようですが、いつ合流していただいてもいいように四人部屋をご用意させていただきました」

「部屋の理由はわかりましたわ。それで、ご用件は？」

「……孫娘、エリナからも頼まれているでしょうが、イナの診察をお願いいたしたく。その上で可能でしたらマーメイドの歌声も作製していただきたいのです。イナの容態と喉を潰された理由についてはエリナからご説明を受けていると存じます。スヴェイン様は【大賢者】セティ様の直弟子とのこと。霊薬であるマーメイドの歌声もお作りいただけるのではないかと」

セティ師匠が【大賢者】ですか。

そんな『職業』はないので一種の俗称でしょうが、もてはやされていますね。

本人が聞けば「僕なんてただの世捨て人ですよ」と言い出しそうです。

「セティ師匠は【賢者】ですが、それを議論する場ではないですね。確かに僕はセティ師匠の教えを直接受けていますし、国を出奔したあとも〝聖獣の賢者〟からさまざまな知識を教えられ、古代遺跡の調査、発掘した史料の研究から数多くの古代錬金術の復元もしています。マーメイドの歌声の正確なレシピも知っていますし、作ることだって可能です。ここに来た理由もエリナちゃんを送り届けるのはついでてイナさんの治療が目的ですから、診療することは構いません。可能不可能はしっかり告げさせていただきますがよろしいですか？」

「はい。これでだめなら……イナには申し訳ないのですが諦めもつきます」

「それではイナ様の診察は行わせていただけるのでしょうか？」

「是非に。ただ、イナはあの事件以来塞ぎ込んでしまい食事の場にしか姿を見せず、それ以外の時間は自室に籠もったままですが……」

「無理もないでしょう。ともかく、まずは会ってみて診察です。案内していただけますか？」

「はい。着いて早々申し訳ありませんがよろしくお願いいたします」

「気にしないでくださいな」

エルドゥアンさんに再び一階へと案内され、宿の奥にある住居スペースへやってきました。

その一室がイナさんの部屋らしいのですが、エルドゥアンさんが呼びかけても応答がありません。

女性の私室に押し入るのは気が引けますし、どうしたものか。

「……まことに申し訳ない。エリナに続いてイナもご迷惑をおかけするとは」

「気にしないでください。とはいえ、診察もせずに薬は作れません。どうしましょう」

「……魔法で部屋の扉をこじ開けますか？」

「アリア、おやめなさい」

「……はい」

「いや、しかし困りました。これでは診察をしていただくことが……」

「ですね。食事の際には部屋を出てくるのですよね？」

「はい。その時、診察もされますか？」

「女性相手に無理矢理というのは好みません。エルドゥアンさんには申し訳ありませんが、今晩食事に出てきた際に説得を試みていただけますか？　僕たちも一週間くらいでしたら逗留できますので」

「承知いたしました。必ずやイナを説得してみせます」

イナさんの治療は一時中断ですね。

勝手に宿を離れるわけにもいきませんし、ウィングとユニには申し訳ありませんがもうしばらく普通の馬のフリをしていていただきましょう。

とりあえず現状をワイズと相談しますか。

『ふむ。そのイナという娘とは接触できなかったか』

「そうなります。マーメイドの歌声を作るにも設備がありません。作るには一度、ラベンダーハウスに帰る必要があります」

『霊薬じゃからのう。触媒を八つ使える特殊錬金台は、お主ももう持ち歩いておらぬじゃろう？』

「持ち歩いていませんね。あれはどう頑張っても不安定さが残る代物、素材も一回分しか残っていないと聞いています。ラベンダーハウスの地下にあるあれを使うしか道はありません」

『合成触媒では試さぬのか？』

「理論上では可能です。ですが、マーメイドの歌声は作ったことがありません。失敗する可能性がある以上、一か八かの賭《か》けには出られないでしょう」

『難儀じゃのう』

「〝霊薬〟なんてそんなものですよ。マーメイドの歌声は下級霊薬ですが、それでも霊薬には変わりありません。この国の錬金術水準はかなり低いように感じますが、それを抜きにしても霊薬作りは高度な技術です」

『そもそも多少名の知れた錬金術師だろうと霊薬作りに挑もうとする錬金術師がいる時点で錬金術の水準が低いと推測できる。本当に腕の立つ錬金術師であるならば霊薬作りは断るはずじゃ』

そうなんですよねぇ。

僕は特別な設備を持っているからこそ霊薬だろうと神薬だろうと生産に挑めますが、よほど特別な設備でもない限り〝霊薬作り〟なんて無理ですから。

そもそも、普通の錬金台で使える錬金触媒の最大数は四つが原則。

それを超えることのできる特殊錬金台も自作なら作製可能ですが……通常のポーションを作るならともかく、霊薬用の特殊錬金台なんて古代文明の史料から復元したものしかありませんでしたよ？

復元した古代の特殊錬金台だって炉も安定装置も正常に作動せず、まともなポーションを作ることにすら苦労するような困りもの。

とてもじゃありませんが一介の錬金術師が〝霊薬〟を作れるはずがない。

僕だってセティ師匠から知識として教わってはいましたが、実践する方法は国元にいる間はなにもなかったのですから。

『それで、診察ができなかった場合はどうするのじゃ？』

「どうしたものでしょうね？　乗りかかった船ですし、治療できるかどうかだけでも確認してあげたいのが本音なのですが」

「はい。スヴェイン様ではありませんが、治療できる可能性がある方を見捨てるのはいい気分ではありません」

『お主らも相変わらずのお人好《ひとよ》しじゃな。なんなら解呪が専門の聖獣にでも乗り込んでもらうか？』

「……それが一番手っ取り早いのですが、一番困る手段ですよね？」

「ワイズ、さすがに人の街で聖獣が暴れるのはいかがなものかと思いますわよ」

『確実な手段じゃろう。聖獣郷にはそれ専門の聖獣もたくさんおる』

「そういう問題ではありません」

「ええ。通りすがりの方を聖獣で助けるのは問題ですわ」

『お主らも人がいいのか厳しいのか。まあ、状況はわかった。ニーベの状況も教えようかの』

「ニーベちゃんの様子も見てきてくれましたか」

『少しだけじゃがな。午後も魔力操作の修行に励んでおった。わかりやすく結果が出ることが楽しいのじゃろう。リリスも積極的に教えていたからのう』

「リリスから伝言は？」

『アトリエの工事に一週間ちょっとかかるそうじゃ。コウの依頼ということで建築ギルドが特急依頼として受けたようじゃが、何分作ったことがない設備じゃからな。細かいところはリリスが指示をしながらではないと作れないそうじゃよ』

「……この国の錬金術師は本当にレベルが低そうですわね」

『スヴェインのアトリエは徹底的に使いやすく作られておるからのう。この国の流儀とも合わないのじゃろうて』

「ともかく、ニーベちゃんの方も一週間は待ちですね。逆をいえば、ここで一週間留まる余裕もできたということになりますが……」

「はい。その間に、イナ様が私どもの診察を受けてくださるかどうか」

『そればかりは儂にもわからぬ。とりあえず、儂はこのままこの街に留まる故、リリスと連絡を取りたい場合はピクシーバードを使え。あちらの方が連絡手段としては、はるかに速い』

ピクシーバードとは手に乗るサイズの小型な鳥形聖獣です。

戦闘力も聖獣としては弱めですが、特徴として非常に高速な移動ができることがあげられます。

肉声などを覚えさせてそのまま伝えることもできますし、手紙などを持たせて飛ばせることもできるので、連絡手段としては非常に優秀な聖獣なのですよ。

普段聖獣郷にいる時は自由気ままに飛び回っているようですが、今回は出番がありそうですね。

ヴィンドとコンソールの間なら、数分で飛ぶことができるはずです。

とりあえず、聖獣郷からピクシーバードを呼び寄せ、リリスの元に向かわせました。

僕から伝言が必要になった場合、呼び戻せばすぐに戻ってきますし、連絡手段がないのはリリスの方ですからね。

そのように連絡体制を整えている間に夜になり、エルドゥアンさんが状況報告にやってきてくれました。

ですが、イナさんの説得はできなかったようです。

イナさんも喉の呪いの件では相当神経質になっているらしく、そう簡単には説得に応じてもらえそうにないとのことでした。

エルドゥアンさんには僕たちが宿に滞在できる期限を一週間と告げ、それまでの間になんとか説得を試みていただくようにお願いします。

それで一日目が終わり、二日目、三日目、四日目と説得に失敗する日々が続きました。

一週間は六日なので明後日には宿を去ります。

そんな五日目の朝、エルドゥアンさんが吉報を持ってきてくれました。

「お待たせいたしました、スヴェイン様、アリア様。イナがようやく診察を受け入れてくれる気になりました」

「ぎりぎりですね」

「大丈夫でしたの？」

「ええ、まあ。おふたりがもうすぐ宿を去ることを告げ、診察だけでも受けるように家族全員で説得してようやくでした。私どものわがままで滞在していただき、申し訳ありません」

「いいえ、コンソールの方もいまはアトリエの工事中らしいため、すぐに帰ってもできることがない状態だったんですよ」

「あちらで待たせている子には申し訳ありませんが、そういうことですわ」

「そう言っていただけるとありがたい。早速ですが診察していただいてもよろしいでしょうか?」

「構いません。行きましょうか、アリア」

「はい。願わくはマーメイドの歌声を使わず、治療する方法が見つかることを祈ります」

「……やはり霊薬の作製は難しいのでしょうか?」

「いままでどんな錬金術師の方々に依頼してきたかはわかりません。ですが、絶対に普通の錬金台では作れないんですよ、霊薬って」

「素材さえあればスヴェイン様がどうにかできますわ。拠点に戻れば設備がありますもの。ですが、それだけ作製するのに必要な設備が違うのです」

「そうなのですか? 私が依頼してきた錬金術師の皆様は、各自の錬金台で作製されていたのですが……」

「とりあえず、この話はおいておきましょう。イナさんの診察が先です」

……やはりこの国の錬金術師は水準が低いのでしょうか?

それとも霊薬の正しい作り方が伝わっていない?

どちらにしても、いまは後回しですね。

僕たちは再びイナさんの部屋の前にやってきました。

エルドゥアンさんが声をかけると部屋の内側からドアが開かれ、緑髪の痩せ細った女性がひとり立っています。

この方がイナさんですか。

「スヴェイン様、アリア様。これが孫娘のイナです」

エルドゥアンさんの紹介を受け、イナさんはぺこりとお辞儀をしました。

さて、この方の喉にかかっている呪いとやらはどの程度の厄介さでしょう。

「イナさん。僕は旅の錬金術師スヴェイン、こちらは相棒の魔術師アリアです。僕は錬金術による治療薬と回復魔法を担当、アリアは魔法薬を担当します。まずは喉の様子を確認させていただくので椅子に座って上を向いてください」

イナさんは僕の指示に従い、椅子に座って喉を見せてくれました。

そこには剣で刺された傷跡が残されています。

僕もアリアも神眼持ちなのでわかりますが、傷跡の部分が非常にどす黒く渦を巻いていますね。

これは厄介な呪いです。

「スヴェイン様、アリア様、イナの喉はどうなのでしょう？」

「かなり厄介な呪いを受けています。一応、回復魔法を試してみますが……無理でしょうね」

「はい。少なくとも、私の魔法薬では治療の術《すべ》がありませんわ」

「……そうですか。回復魔法ならば可能性は？」

「《エンジェルブレス》と《セイントライト》を試してみます。これでもだめなら……本当にマーメイドの歌声ですね」

「《エンジェルブレス》に《セイントライト》!?　〈回復魔法〉レベル50の魔法!?」

「僕たちが使えることは内緒にしておいてください。ばれたところで困るものではありませんが、《エンジェルブレス》は早期段階なら欠損回復もできてしまいますからね。誰にでも使いたくはないのですよ」

「わ、わかりました。よろしくお願いいたします」

「はい。『命の灯火宿しし精霊よ。我が意に従え』《エンジェルブレス》」

僕の使った《エンジェルブレス》でイナさんの傷跡が綺麗に消えていきます。

ですが、黒い渦は一切消えてくれません。

「イナの喉にあった傷跡が消えた……呪いの治療は？」

「残念ながら呪いは消えていません。解呪魔法の《セイントライト》を試します。『命の灯火宿しし精霊よ。我が意に従え』《セイントライト》」

僕の手から浄化の光が放たれ、イナさんの喉を包み込みました。

それでも黒い渦は一切消えていかず、浄化の光が消えさります。

やはりこれでもだめですか……。

「スヴェイン様？」

「解呪できませんでした。このレベルの解呪専用魔法ですら解呪できないとは、厄介にもほどがあります」

「そうですわね。呪いの元凶となった剣。それがあれば対抗するための魔法薬も作れたでしょうが、ない物ねだりをしても仕方がありません。申し訳ありませんが呪いの程度を調べさせていただきますわ」

アリアが喉に手を伸ばし、魔力を流して呪いの強さを調べます。

でも、すぐに手を離してしまい、諦めたように首を横に振りました。

「……だめです。この深さと呪いの強さ、霊薬クラスではないと治療のしようがありません。喉にかけられた呪いを解呪する霊薬で、一番手に入れやすいのはマーメイドの歌声。やはり、これを作るより道はありませんわ」

「そうですか……いえ、元々その予定でした。イナ、お前はしばらく休んでいなさい」

悲しげな目をしたイナさんを残し、彼女の私室を去ります。

そして案内されたのはエルドゥアンさんの私室。

ここにある魔導金庫の中に、マーメイドの歌声の素材が保管されているとのことでした。

「スヴェイン様、アリア様。申し訳ありません、マーメイドの歌声をお作りいただけますでしょうか。素材もあと一回分しか残っておりませんがどうかお願いいたします」

「わかりました。素材を確認させていただいてもよろしいですか？」

「はい、どうぞ」

僕はエルドゥアンさんに魔導金庫を開けていただき、その中から素材の状態を保つ魔力封印のための結界箱を取り出してもらいました。

さすがは元Aランク冒険者、霊薬素材が痛まないように保管する方法もご存じだったようです。

僕はその結界箱を開けて中身の素材を確認させていただきました。

まずは回復属性を与えるための素材、『生命樹の木の実』。

一切傷んでおらず、使用する上でまったく問題ない品です。

次は神経伝達を司る雷属性の素材、『雷獣の結晶』。

これも傷ひとつ付いていない最高品質のものでした。

三つ目は声にまつわる薬を作るために必要な風属性の素材、『六翼竜の羽』。

これも綺麗な状態で保管されておりまったく問題ないでしょう。

最後は水薬を作るための水属性素材……え？

「エルドゥアンさん、集めた素材は『これだけ』ですか？」

「はい。これがすべてでございます」

「スヴェイン様、どうなさいました？」

「いままで依頼した錬金術師の方々も、これから〝マーメイドの歌声〟を作ろうとしていた？」

「は、はい。この国の最高位錬金術師の方々にもお願いし、作製を試みてもらいました」

「その際になにか注意を受けたり断られたりしたことは？」

「いえ、いままで一度も。なにか不明な点でも？」

「あの、この水属性素材って『大海獣の瞳』ですよね？」

「はい。そうでございます」

「エルドゥアンさん、申し上げにくいのですが……レシピが違います」

「え？」

「『大海獣の瞳』以外の素材は正しいです。ですが、水属性素材は違います」

「は？」

「マーメイドの歌声に必要な水属性素材は『深海竜の大血晶』です。『大海獣の瞳』なんかじゃありません」

これは困りました。

まさか、素材の時点から間違っていただなんて……。

【第6章】深海竜の大血晶を入手せよ

「『深海竜の大血晶』ですと？」

「はい。『深海竜の大血晶』です」

弱りました、一番手に入れにくい素材が入手できていないとは。

ああ、いや、普通の方法では手に入れられないからこそ入手できていない？

どちらにしても、この国に伝わっている〝マーメイドの歌声のレシピ〟が間違っていることは確定です。

「……まさか、〝大血晶〟。それも〝深海竜〟ですと？」

「はい。そうなります」

「深海竜とは光も届かぬ海の底にしか生息しない竜ですよね？」

「そうですね。付け加えるなら上位竜は存在せず最上位竜しかいない種族です。エンシェントドラゴンがいるかどうかまでは未確認ですが……あまり関係ないのでおいておきましょう」

「しかも〝大血晶〟。そうなると入手手段は……」

「もちろん、〝竜との交渉〟のみです。大血晶は竜が〝自分の意思で血に魔力を流し凝結させたもの〟ですからね。討伐しても入手は不可能です」

「そんな……深海竜と遭遇できるのは、怒りを買って荒れ狂った時のみ。光すら届かぬ海の底までたどり着き交渉するなど不可能。どうやって入手すれば……」

マーメイドの歌声のレシピが存在している以上、入手手段はあります。

ただしその方法は極めて困難。

深海竜が何らかの理由で海面まで出てきている時、交渉を行い分けてもらうことのみ。

深海竜が海面に出てくるなど、餌《えさ》であるディープシーサーペントが海面上に出てきた時くらい。

ディープシーサーペントだって深海から海面上に出てくることは滅多にないのに、それを追って深海竜が海面上までやってくるなど更に稀《まれ》なことです。

それほどまでの幸運が揃わないと手に入らないのが『深海竜の大血晶』なんですよね。

それが手に入っていないとは……。

「スヴェイン様、いかがしましょう?」

「弱りましたね。僕も深海竜に知り合いはいません。種族としての知識はもちろんありますが、好みはまったくわからない。どこにいるかも知りませんし、どうしたものか」

「スヴェイン様、アリア様、どうにかなりませんでしょうか?」

「うーん……」

「ええと……」

本当に困りました。

空や陸の竜ならなんとかなりますし、海面近くを泳いでいる竜ならば接触できるでしょう。

ですが、深海竜が生息しているのは文字通りの深海です。

僕もそんな場所にいる存在と接触する方法まではありません。

どうしましょう、これ。

「……困った時の賢者頼みは許してもらえると思いますか、アリア？」

「私どもの正体はばれておりますし……ワイズに聞いてみましょう」

「エルドゥアンさん、窓を開けさせていただきますね」

「は、はい」

僕は部屋の窓を開けました。

するとそこから白いフクロウ、言うまでもなくワイズがやってきて僕の肩にとまります。

『スヴェイン、お主を通して話は聞いておったが……深海竜の大血晶か』

「深海竜の大血晶です」

『儂も本来の生息域は森。知識の範囲は広くとも、海の中までは範囲外じゃぞ？』

「やはりワイズでもわからないことはありますよね」

『〝聖獣の賢者〟とて知らぬことは山ほどある。お主の契約している水の聖獣はどうじゃ？』

「海の聖獣とて深海系は縁遠いですよ？　僕の拠点にできた神聖系の湖に遊びに来ている聖獣たちの一部としか契約していません。一番格の高い聖獣がピュアリングです」

『ピュアリング……マーメイドプリンセスだったか。彼女の魔力でなら水中探索もできるのではないか？』

「それは可能ですし、彼女に頼めば光の届かぬ深海でも、陸上と同じようにすべてを見渡すことができるでしょう。ですが、深海竜を探すとなるとどれだけかかるか」

『最大の難問は深海竜を見つけることか。ピュアリングに頼んで配下すべてを使い、探してもらうことは？』

「それ、僕の契約している空の聖獣をフル活用し、ウィンドシルフを探すのと同じくらいの手間ですよ?」

『うぬぬ……』

ウィンドシルフとは空をただよっている気ままな聖獣です。

一定高度以上には行きませんが、地表すれすれまで近づくこともあり、探すのは非常に困難なのですよね。

体も小さく、どこにいるかも不明ですから、僕も数回しか見かけたことがありません。

深海竜は最上位竜の一種ですからそれなりの大きさがある……らしいのですが、最上位竜の中では小柄な方らしいのです。

内包している力を無視すれば、クラーケンの半分くらいの大きさしかないんだとか。

それこそリヴァイアサンなんかよりもはるかに小さいですから……どうやって見つけるか。

『〝海の賢者〟を頼ってみるか?』

「〝海の賢者〟?」

『ワイズマンズ・オルカやワイズマンズ・ドルフィンなどじゃ。彼らならば深海竜の行方も知っているやもしれぬ』

「聞くだけ聞くのは構いません。対価はどうします?」

『……そこも交渉じゃ』

「ワイズ……」

『〝森の賢者〟に海のことを相談しないでくれ……』

それもそうかもしれませんが……。

　本当に見つかりますかね、深海竜は。

「スヴェイン様、話はまとまりましたか？」

「とりあえず打てる手は打ってみます。さすがに僕も海の中まではあまり詳しくないんですよ。ご協力はいたしますが、可能な範囲でということになってしまいますね」

「いえ、それでも構いません。どうぞよろしくお願いいたします」

「わかりました。アリア、ウィングとユニに乗って空から沖合に向かいましょう。そこでピュアリングと合流、深海竜の居場所を知らないか確認を取り、わからなければ海のワイズマンズとコンタクトを取れるように取り計らってもらいましょう」

「そうですね。私どもも海の底までは詳しくありませんもの。可能な限りは手を打ちましょう」

　エルドゥアンさんの了承も得られたので、僕たちふたりは宿の外に出てウィングとユニに騎乗、そして目立たない場所で透明化して擬態も解き、空へと舞い上がります。

　そのまま沖合に出てしばらく飛び、陸地が見えなくなったあたりでマーメイドプリンセスのピュアリングとコンタクトを取りました。

『お久しぶりです、スヴェイン様、アリア様。本日のご用事はなんでしょう？　それもいままでとは違い海での面会とは』

「久しぶりです、ピュアリング。尋ねたいのですが、深海竜の居場所は知っていますか？」

『深海竜……さすがに私もわかりません。私たちも深海で暮らしていますが、生活圏は決まっております。最上位竜ともあろう者が他の聖獣の生活圏を侵すはずもありませんし、私たちの生活圏に下位竜などが入り込めば全力で倒します。なので、さすがに……』

「いえ、念のため確認したまでです。ピュアリングは海のワイズマンズとコンタクトを取れますか？」

『ワイズマンズ・ドルフィンでよければ。しかし、深海竜の居場所などなぜ知りたいのでしょう？』

「マーメイドの歌声を作るため、深海竜の大血晶が必要なんですよ」

『マーメイドの歌声……なるほど、確かに素材として必要ですね。わかりました。ワイズマンズ・ドルフィンを呼んで参りますので少々お待ちを』

「よろしくお願いします、ピュアリング」

ピュアリングが海に潜《もぐ》っていき十分ほど経ったあと、黄金色に輝くイルカとともに戻ってきました。

『お待たせいたしました。彼がワイズマンズ・ドルフィンです』

『初めましてだな、聖獣郷の主。私は海の賢者の一角、ワイズマンズ・ドルフィン。なんでもマーメイドの歌声を作るため、深海竜の大血晶が欲しいとか』

「初めまして、ワイズマンズ・ドルフィン。その通りです。マーメイドの歌声の素材として深海竜の大血晶を入手したいのですが、深海竜の居場所はご存じありませんか？」

『あまりにも都合のいい話だが、知っているし交渉もできる。むしろ聖獣郷の主ならば助力を願いたいほどの事態が起こっているのだよ』

「僕の助力を願いたい事態？」

『ああ、そうだ。ここからだと少し遠いが、ペガサスとユニコーンに乗り、マーメイドプリンセスから深海活動の魔法をかけてもらえば一時間ほどで着く。ついてきてもらえるか？』

「ご紹介願えるならばついていきます。アリアも構いませんね？」

「もちろん。ですが、こんな人里近くに最上位竜がいるだなんて」

『いろいろと訳ありだ。マーメイドプリンセス、頼む』

『わかりました。スヴェイン様、アリア様。私たちについてきてください』

「はい」

「よろしくお願いいたしますわ」

僕たちはピュアリングから魔法をかけてもらい、海中へと飛び込みました。

そのままワイズマンズ・ドルフィンの先導を受け、海中をまっすぐ進むこと約一時間、深海活動の魔法をかけられている僕たちからは晴れ渡る平原のように明るい空間ですが、間違いなく海の底に、三つの目を持つ竜がいました。

僕が知っている特徴とも一致しますし、あれが深海竜ですね。

『深海竜よ。聖獣郷の主を連れてきた』

『……なに？　ワイズマンズ・ドルフィン、本当か？』

『ああ、深海竜の大血晶が欲しいということだ。お前との交渉にも応じてもらえる』

『それは話が早くて助かる。お前が聖獣郷の主か？』

「はい、スヴェインと申します」

「相棒のアリアです」

『わかっているだろうが、我が深海竜だ。交渉に応じてもらえるならば、大血晶も渡そう』

「それは助かりますが、いいのですか？」

『ああ。我はいま治癒のため動けないからな』

「治癒のため？　……ああ、なるほど。かなり深手を負っていますね」

『不甲斐ないことにな。それで交渉だが、我の代わりにこの周辺にある魔物どもの巣を駆除してきてもらいたい』

「魔物どもの巣、ですの？」

『具体的にはクラーケン、スキュラ、リヴァイアサンだ。クラーケンの巣は複数あることを確認している』

ふむ、海棲《かいせい》の巨大モンスターばかりですね。

ですが、深海竜にこれほどの深手を負わせられるようなモンスターではないような……。

『どうだ、引き受けてもらえるか？』

「わかりました。引き受けましょう。そんな大物どもの巣を放置しては、他の海にどんな影響が出るかもわかりませんからね」

『助かる。我が知る限り呪性の魔物はいなかった。呪いの心配はないだろう』

「念のため浄化はします。居場所はわかりますか？」

『思念で巣の場所を送ってもよいか？』

「構いません。よろしくお願いします」

『では。これらの場所になる』

深海竜から思念として送られてきたモンスターの巣ですが、かなり多いですね。

リヴァイアサンとスキュラは一カ所ずつですが、クラーケンの巣は七カ所もあります。

倒すのが手間なだけですね。

「深海竜、クラーケンの巣は、巣分けを起こしていませんか？」

『それはないだろう。我が傷を負って動けなくなる前に相応の数を減らしてある。申し訳ないがよろしく頼む』

「ええ、引き受けた以上は完遂しますよ。行きましょうか、アリア」

「はい、スヴェイン様」

『私はここで待っているとしよう。ワイズマンズ・フォレストと契約しているなら承知だろうが、ワイズマンズの戦闘力は聖獣としては低いからな』

『スヴェイン様たちには申し訳ありませんが私もここでお待ちします。私もクラーケンクラスになると……』

「ピュアリングに無理は言いません。ワイズマンズ・ドルフィンもここで待っていてください」

「はい。この程度、私どもだけで十分です」

さて、結構広範囲ですしアリアと一緒にサクサク回って行きましょう。

クラーケンは大型の十本足を持ったモンスター、スキュラは六つの首と頭を持ったモンスター、リヴァイアサンは超大型の蛇型のモンスターですね。

リヴァイアサンはあの大きさで竜ではなく、モンスターなのですから紛らわしい。

どれも普通に倒すのは面倒なので対軍用魔法で仕留めていきますか。

まずひとつ目、リヴァイアサンの巣ですが……都合よく眠っていました。

「アリア、さっさと仕留めてしまいましょう」

「起きられると面倒です。《地神の針山》で仕留めます」

「そうしましょう。あれには水魔法も効きませんしね」

「はい。いきましょうか」

「「《地神の針山》」」

僕とアリアが息を合わせて魔力を多く込めて発動させた、土属性の対軍用魔法《地神の針山》。本来であれば数メートル程度の岩の槍が地面から飛び出る魔法ですが、今回はリヴァイアサンを貫いてもなお余裕があるほど巨大な槍が、さまざまな角度からその巨体を穿《うが》ちました。

さすがに生命力の高いリヴァイアサンでも一撃で死にましたね。

「一カ所目、掃除完了ですね」

「ドロップアイテムと魔石を回収して退散いたしましょう」

「……超特大サイズの水の魔石とかなにに使いましょうか？」

「……さあ？」

次の獲物はスキュラ。

こちらはこちらで超大型モンスターなのですが……。

「さすがに二匹目も都合よく眠っていてはくれませんか」

「巣から出歩いていなかっただけよかったですわ」

「さて、どうやって倒しましょう？　《地神の針山》で倒しきれるかどうか」

「私は《冥界への誘い》で動きを止めつつ生命力を削りましょう」

「では僕は……《聖浄なる世界》で浄化しましょうか」

「そういたしましょう。さすがに私どもの魔法二発を浴びて生き残れるはずもないでしょうし」

「ではそうしましょうか。始めますよ」

「はい。《冥界への誘い》」

「《聖浄なる世界》」

《冥界への誘い》は闇属性の対軍用魔法。

大地に闇の魔力で歪《ゆが》みを発生させ、対象を絡め取ると同時に生命力を吸い取る魔法です。

《聖浄なる世界》は聖属性の対軍用魔法。

周囲一面を浄化の炎で包み込み、触れた対象を魂すら残さぬ聖炎で焼き尽くします。

スキュラもこれらの魔法には対抗できず、数分でその命を刈り取れました。

残されたのは超特大サイズの〝闇の魔石〟とドロップアイテムです。

「スキュラって闇属性のモンスターだったんですね」

「ですが、《冥界への誘い》も効果を発揮していましたわ」

「意外と魔法耐性が低い？」

「どうなんでしょうね？」

『スヴェインとアリアの魔力じゃねえ……』

『そうね。あなた方の魔力ならクラーケン程度だと、《百舌《もず》の氷槍》で倒せるんじゃないかしら？』

ウィングとユニがなにか失礼なことを言っていますが無視しましょう。

ここから先、クラーケンの巣ですが……本当に〝巣〟でした。

「……数が多いですね」

「それに幅広く散らばってもいますわ」

『これじゃあ、対軍用魔法でも始末しきれないよ』

『どうするのかしら？』

「……《サンクチュアリ》で身を守りつつ《聖獄の炎》で浄化して回りましょう」

「私は《冥闇《めいあん》の牙《きば》》にいたします」

『一匹ずつか。時間がかかりそうだね』

『でも、それしかないでしょう？』

僕の使う《聖獄の炎》は聖属性の攻撃魔法で、攻撃対象を魂ごと焼き払う浄化魔法です。

アリアの《冥闇の牙》は闇属性の攻撃魔法で、多数の影の牙を生み出し攻撃対象を食い荒らす魔法となります。

どちらもクラーケンほどの巨大生物相手だと、一匹ずつしか攻撃できませんがどうにもなりません。

対軍用魔法でまとめて始末できる状況にない以上、一匹ずつ仕留めるより他ないのですから。

「さて、かなり数は多いですが始めますか」

「これを七カ所潰すんですね……」

『骨が折れそうだ』

『時間がかかるだけでしかないのだけどね』

うん、時間がかかる以外の問題はなにもないんですよ。

クラーケン程度なら《聖獄の炎》でも《冥闇の牙》でも一撃で消え去りますし、僕たちの《サンクチュアリ》を絡み取って押しつぶそうとしてもびくともしません。

ただ十匹や二十匹なんてものじゃないほど数がいて……ひたすら時間がかかります。

放置すれば確実に悪影響を及ぼすことがわかっているため、時間をかけてでも一匹残らずすべて倒さねばならず、巣の中にいるクラーケンを倒し終わったあとも周囲にいないか確認せねばなりません。

ひとつの巣を潰すのに一時間程度かけて回り、すべてを潰し終えるまでは移動時間を含めて九時間くらいかかりました。

正直、リヴァイアサンやスキュラの方が弱かったし倒しやすかったです。

なんでしょう、この腑《ふ》に落ちないモヤモヤ感は？

かなりの数の水属性の魔石を手に入れることができましたが……正直、特大サイズの魔石とか使い道が少ないんですよね。

大抵の道具を作るには中サイズ程度の魔石で十分ですし、錬金触媒なんて霊薬や神薬でも作ろうとしない限り小サイズの魔石で十分に足ります。

そうなると装備を作る時とかの素材になるのですが……竜素材を大量に持っている僕がいまさら魔石素材の装備を作る必要もなくて……。

宝石の代用品として使うわけにもいきませんし、あと残された使い道は装備にエンチャントを施す際の触媒です。

　でも、僕がセティ師匠から教わったり、古代遺跡から復元したりしたエンチャントの中にも、これらの魔石を触媒として扱うようなものはありません。

　おそらく、マジックバッグにしまい、そのまま忘れ去っていくでしょう。

　そもそも、特大や超特大の魔石なんて世に出回りませんからね。

　上位竜や最上位竜クラスのモンスターからしかドロップしないものなんですから。

　普通の冒険者が入手するなんて無理です。

　ともかく、巣の一掃と周囲の見回りを終えた僕たちは、深海竜の元へと戻りました。

『戻ったか。大型の魔物どもの気配もすべて消えている。ずいぶんと念入りに掃除をしてくれたようだな』

「巣の掃除をするついでですから。生き残りがいてまた増えては面倒でしょう？　クラーケンがどのように増えるかはわかりませんが」

『クラーケンは他の魔物を餌にして魔力を貯め込み分裂する。リヴァイアサンとスキュラは……我も知らぬ。ただ、リヴァイアサンとスキュラはクラーケンを餌にしていたようだ』

「それはちょうどよかったですわね。リヴァイアサンとスキュラを倒してしまっている以上、クラーケンが生き残っていてはまたいずれ増えてしまいますから」

『確かに都合がよかった。この傷さえ癒えれば、クラーケン程度なら我が直接倒したがな』

「そういえば、深海竜のその傷は誰につけられたのですか？　ずいぶん深い傷ですし、治り方も悪そうです。最上位竜の深海竜の竜種結界を突き破れる存在など、そうそういないはずですが」

竜種結界とは、下位竜以上のドラゴンが生来持っている障壁のことです。

これを破れないことには、鱗《うろこ》にすら傷をつけることができません。

通常の手段では非常に強力な攻撃を用いることになります。

それ以外だと、竜種結界貫通効果のあるエンチャントを付与した武器、あるいは一部の竜種結界を無視できる魔法を使うしかありません。

もちろん、竜種結界の強度も竜の強さが上がるほど増していくので、最上位竜である深海竜の竜種結界は非常に強固なはずなのです。

それこそリヴァイアサンやスキュラですら揺らがない程度には。

『情けない話だが水棲の邪竜族に後れを取った。縄張りに侵入してきた邪竜族はすべて滅ぼし浄化も行ったが、その際につけられたのがこの傷だ。邪竜の穢《けが》れが残っているせいで治りも遅い。まったくもって不甲斐ないことだ』

水棲系の邪竜族……そんなものが攻めてきていたのですか。

それは深海竜といえども厳しいでしょう。

傷の深さを見る限り、戦った相手は最上位竜の邪竜でしょうし。

「ふむ。依頼を受けたついでです。アリア、どこまで治療できるかわかりませんが聖浄と生命の精霊で回復を試してみていただけませんか？」

「そうですね。傷が癒える前にまた邪竜が攻めてきて海が汚染されてはかないませんもの」

『構わないのか？』

「構いませんわ。では始めましょう。ムーンライト、アレキサンド。浄化と治療をお願いいたします」

アリアの呼びかけに応じて聖浄の精霊ムーンライトと生命の精霊アレキサンドが姿を現しました。

この二体の精霊も僕たちがグッドリッジ王国を出奔したあとの三年間で増えた仲間です。どちらも秘境の奥にある古代遺跡の地下にあった神殿の中にいたため、会うだけでも苦労しましたよ……。

そんな精霊二体による治療ですが、傷口に付着していた邪竜の穢れをムーンライトが消し去り、そのあとアレキサンドが傷口の治癒を行います。

さすがに最上位竜の治癒だけあり、治りは非常に遅いですが、確実に傷口が塞がっていっていますね。

さすがは上位精霊でしょうか。

『ふむ。もう十分だ。治癒の妨げになっていた穢れも完全に浄化してもらったし、傷口もほとんど塞がった。あとは数日待てば完全に癒える』

「わかりましたわ。ムーンライト、アレキサンド。ご苦労様でした」

アリアの呼びかけで聖浄と生命の精霊が帰還しました。

これで依頼はすべて解決ですかね。

『ありがとう。交渉外の傷の治療までしてもらい助かった。まずは約束の大血晶を渡そう』

深海竜はその両手をつなぎ合わせるとその間から赤い輝きがこぼれだし、手を開いた時には僕の頭くらいのサイズがある青い宝石となっていました。

竜の大血晶そのものは何度も見たことがありますが、深海竜の大血晶はこうなるのですね。

『できたぞ。大血晶だ。遠慮なく受け取るといい』

「ではありがたく頂戴《ちょうだい》いたします」

僕は深海竜の大血晶を受け取り、マジックバッグにしまいました。

あとは帰るだけでしょうか。

『だが、ここまでしてもらって大血晶程度では釣り合いが取れないな。なにか他にほしいものはないか？』

「他にですか？　僕は特に……アリアは？」

「私も特には。お気持ちだけ受け取りましょう」

『ふむ。それならば我と〝竜契約〟をして行かぬか？　我は水棲の竜故、地上では活動できぬ。だが、次に海へと来ることがあればなにかの役に立てるだろう。聖獣郷の主も海の知識は少ないようだからな』

〝竜契約〟ですか……。

〝竜契約〟とは最上位竜以上が持つ生命の結晶『竜玉』を受け取り、体内へと取り込むことによって成立する契約です。

『竜玉』は竜の生命の結晶であるため、竜を殺してしまうと消滅してしまい、契約できません。

つまり、〝竜契約〟を結べる者は、〝竜に認められた者〟だけです。

この契約を結ぶと、いろいろとできることが広がりますし、断る理由もありませんね。

僕が海の知識に疎いのも事実ですし。

「わかりました。竜契約を望みます。竜玉をいただけますか？」

『うむ。これだ』

僕は手のひらの上に収まるサイズの、マリンブルーの宝玉を受け取ります。

そして、それを体内に取り込み竜契約が成り立ちました。

『竜契約、成立だな』

「はい。お名前も与えますか？」

『そうだな。主になった者から与えられる名は竜にとっての誉《ほま》れだ。是非いただきたい』

「では……コーストと」

『承知した。我はいまから深海竜コーストだ』

「これからよろしくお願いします、コースト」

『ああ、よろしく頼む』

『話はまとまったようだな』

「ええ。案内していただきありがとうございます、ワイズマンズ・ドルフィン」

『うむ。それで、ついでだが私も聖獣契約を望みたい。構わないか？』

「構いませんが……いいのですか？」

「一向に構わん。私が聖獣郷に行く機会はほぼないだろうが、聖獣郷の主は海の知識に疎すぎる。〝海の賢者〟が一匹いてもよかろう』

「助かります。名前はなんと？」

『マーレを望む。聖獣契約を始めてくれ』

「はい。始めます」

僕はワイズマンズ・ドルフィンの額へと手を触れ、魔力を流し込み始めました。

さすがはワイズマンズだけあってかなり大量の魔力を消費しましたが、問題なく契約成功です。

「では、マーレ。僕とともに行きましょう」

『ああ、よろしく頼む』

「スヴェイン様。そろそろ戻らないと、『潮彩の歌声』に戻る時間が遅くなりますわ」

「そうですね。コースト、マーレ、今日は本当に助かりました」

『こちらこそ助かった。海の秩序が乱されかねない事態だったのでな』

『私としても渡りに船だった。海を魔物どもに荒らされてはたまらない』

「ではお互い様ということで。帰りましょうか、アリア」

「はい。ウィングとユニは海上に出て空を飛んだ方が速いですよね？」

『そうだね。ピュアリングから深海活動の魔法をかけてもらっていても、やっぱり空の方が速いよ』

『そうね。このまま一気に空まで飛び上がって透明化、そしてヴィンドまで戻りましょう。ピュアリング、アリアとスヴェインに悪影響はないわよね？』

『はい、ございません。深海活動の魔法とはそういうものです』

『そういうことらしいわ。じゃあ帰るわよ』

「はい。コースト、マーレ、ピュアリング、また会いましょう」

「今度はゆっくりとできる時にでも会いたいですわ」

『そうだな。またいずれ会おう』

『私はその気になればいつでも念話で会話できるが……まあ、必要な時は呼ぶといい。〝聖獣の賢者〟の一角として知恵を貸そう』

『また遊びに行きますね、スヴェイン様、アリア様。海の宝石もたまって参りましたし』

「ええ。それではこれで」

「失礼いたします」

僕たちは海底から海上まで一気に飛び上がり、透明化の魔法をかけヴィンドに向かいました。

すでに夕暮れ時でしたが、飛行速度上昇のエンチャントも施しましたし、日没前には『潮彩の歌声』まで帰れるでしょう。

あとは……『マーメイドの歌声』の作製ですか。

低位霊薬ですから失敗はしませんが、ラベンダーハウスに帰らないと作れないのですよね。

エルドゥアンさんの許可をいただけるかどうか、そこだけが心配です。

［第７章］マーメイドの歌声の作製

予想通り、僕たちが『潮彩の歌声』にたどり着けたのは日没の少し手前頃。

いやはや、ずいぶんと時間がかかってしまいました。

ウィングとユニには再び馬へと擬態して大人しくしていてもらい、僕たちは『潮彩の歌声』の中へと入っていきます。

そのフロントには、やはりというべきかエルドゥアンさんが立っていました。

「スヴェイン様！　アリア様！　よくぞご無事で！」

「いえ、深海竜も悩みを抱えていたようですので、交渉はすんなりいきました」

「依頼内容がモンスターの巣、それもリヴァイアサンやスキュラ、クラーケンの巣の清掃だったため時間がかかっただけですわよ」

「……おふたりと話していると災害指定のモンスターが、そこらのザコのように聞こえますな」

「まあ、大差ありません。最大の問題はクラーケンの巣を潰したあと、生き残りがいないかを探すことでしたから」

ちなみに話に出てきた〝災害指定〟とは、国を、それも大国を滅ぼせるだけの力を持ったモンスターのことを指すそうです。

強さ的には一般的な上位竜だそうですが……まあ、あんなのの相手を普通の冒険者や軍隊が行うなど不可能ですか。

「それで、深海竜の大血晶は⁉」

「ちゃんともらって参りました。エルドゥアンさんのお部屋にご案内いただいても？」

「ああ、いえ。それよりもおふたりとも夕食がまだでしょう。先に食堂で夕食を。いまの時間帯でしたら空いておりますす」

「……そうさせていただきますか」

「よく考えると私ども、昼食抜きでモンスター狩りをしていましたわ」

エルドゥアンさんの勧めに従い、食堂で夕食をいただきました。

遅い時間だったので、売り切れのメニューが多かったですが仕方ないでしょう。

アリア的には、新しい食材を食べることができて大満足のようですし。

夕食後はエルドゥアンさんの部屋に行き、深海竜の大血晶を確認していただきました。

「これが深海竜の大血晶……まったく違う輝きだ」

「最上位竜種の大血晶ですからね。これでも深海竜は小型サイズの最上位竜。大型サイズの最上位竜の大血晶になると僕の背丈よりも大きいとか」

「普通は私どもでも使いませんもの。大血晶が必要な錬金術や魔法薬、エンチャントはごくわずかですので」

「申し訳ありません。そのような貴重なものを我が孫娘のために探しに行っていただき」

「いえ、僕たちにとっても実りのある依頼でした」

「海の賢者と知り合えたのは幸運でしたわね」

「海の賢者？」

「こちらの話です。さて、これで素材は揃いました。次は錬金術による作製へと移ります」

「は、はい」

「朝に〝普通の錬金台〟では作れないと言ったことを覚えていますよね？」

「もちろんです。それがなにか？」

「〝マーメイドの歌声〟の素材は四つの属性を持っています。そのため反応促進のためにも四つの錬金触媒が必要、ここまではよろしいでしょうか」

「ええ、もちろん。私も多少ではありますが、錬金術の知識は持ち合わせております」

ああ、そうなのですね。

それでしたら、話が早いかもしれません。

「水薬になるため水。声にまつわるアイテムのため風。神経を伝わるアイテムでもあるので雷。強力な回復作用を必要とするため回復。この四つの触媒は必須です。素材の属性でもありますしご理解いただけますよね？」

「はい。いままで錬金術で作製を依頼した方々も、同じ錬金触媒を使っておりました」

「でしょうね。ですが〝霊薬〟を作るのにはこれじゃ足りないんですよ」

「え？」

「〝霊薬〟に分類される薬を作るためには、光、闇、聖。この三つの属性も必ず必要なんです。〝マーメイドの歌声〟は間違いなく下級霊薬なのですが、どの属性も含まれておりません。つまり、合計七つの錬金触媒で属性を与える必要があります」

「七つ……普通の錬金台で扱える錬金触媒は四つでございますよね？」

「はい、四つです。錬金台の作製を極めていくと、八つの触媒を同時に扱える錬金台の存在を古代文明の史料から復元いたしました。ただ、それはあまりにも不安定で、まともな役に立たない代物です。他の錬金台を使う必要があります」

「他の錬金台……スヴェイン様たちが朝におっしゃっていた！」

「はい。僕の拠点に備え付けてある、古代文明から復元した最上位錬金台を使えばどうとでもなります。あれは錬金触媒をいくらでも使えますし、どんな錬金術でも扱えますからね」

「……ということは、スヴェイン様にお任せすればマーメイドの歌声も作れるのですね？」

「作れますよ。レシピも完全に合っていますし間違いはありません。ただ、この錬金台を使うにはアリアの協力も必要になります。そのため、僕とアリア双方がここを離れなければなりません。構いませんか？」

「承知いたしました。アリア様もよろしいでしょうか」

「乗りかかった船ですもの、構いません。ですが本当によろしいのですか？　深海竜の大血晶こそ私どもが入手しましたが、残りはすべてエルドゥアン様が集めたもの。どれも決して安い値段のものではございませんよね？　私どもが持ち逃げするとは考えませんの？」

「私の直感がそれはないと判断しております。もしそれが外れれば私の見る目がなかったというだけのこと。それにこれが本当に最後の一回なのでございます。この国の錬金術師以上の知恵を持つおふたりでだめでしたら諦めが付きます。どうか、よろしくお願いいたします」

　エルドゥアンさんも本気ですね。

　ならば、僕たちも全力で応えないと！

「アリア」

「スヴェイン様の望みのままに」

「では。エルドゥアンさん、残りの素材をすべてお預かりさせていただきます」

「かしこまりました。いま金庫より出しますのでお待ちを」

エルドゥアンさんは再び魔導金庫を開け、中から素材の入った結界箱を取り出していただき、僕がもう一度だけ中身をチェックします。

そして、問題がないことを確認すると結界箱の中に戻し、それをマジックバッグに収納、これで出発準備は整いました。

「エルドゥアンさん、これから僕たちは拠点に戻り、大急ぎでマーメイドの歌声を作製してきます。ここからだと……」

『ウィングとユニで四十分ほどじゃ』

「ワイズ」

窓の外を見ると、ワイズがやってきていました。

窓を開けてもらうとそのまま僕の肩にとまります。

『話はお主を通して聞いておった。無論、四神たちもな。すでに準備に入っておるぞ』

「それは助かります。そうなるとマーメイドの歌声の作製に必要なのは……」

『二時間前後じゃな。下級とはいえ霊薬、その程度はかかる』

「となると、作り終わったら僕たちは、そのまま魔力枯渇ですね」

『四神たちが余剰魔力を送り込んでくれる。三十分もあれば動けるようになるじゃろう』

「では作製時間に行き帰りと、魔力枯渇で動けない時間を含め、往復四時間程度ですか」

『そうなるな。戻りは明日の朝でもよいのではないのか？』

「どうしましょう？　エルドゥアンさん、早い方がいいですよね？　深夜の時間になってしまいますが」

「え、ええ。早い方がありがたいですな。ですが、そこまで無理をしていただかなくとも……」

「ただのお節介ですよ。夜遅くなりますが、宿まで戻ってきて大丈夫ですか？」

「わかりました。正面入り口を開けておきます。私もそこで待っておりますのでどうぞよろしくお願いいたします」

「はい。これは責任重大ですね」

「頑張りましょう、スヴェイン様」

『うむ。下級霊薬とはいえども初めて作る薬品、失敗するなよ？』

「もちろんです。では、表に出てウィングとユニに乗りましょうか」

僕とアリアは宿の正面玄関を抜けウィングとユニに騎乗すると、夜の闇に包まれていることをいいことに、暗がりに飛び込んで透明化を行い飛び立ちました。

そのままカンテラを使って飛行速度上昇のエンチャントも施し、ラベンダーハウスがある山脈へと向かい、雲を突き抜け山を越え、聖獣郷へと飛び込みます。

聖獣郷まで来ればラベンダーハウスはすぐそこ、そのまま聖獣郷中心にある湖のほとりの屋敷へと着陸しました。

『スヴェイン、例のものを使うんだよね？　みんなに念話を送って魔力タンクになってもらっておくよ』

『失敗できないんでしょう？　あれはサポートの魔術師よりも錬金術の実行者の方が魔力を吸い出されるわ。準備時間がないから普段より多めに魔力を送る程度しかできないけれど、それでも有効活用しなさい』

「ありがとう、ウィング、ユニ。みんなへの連絡を頼みます」

「私たちはラベンダーハウスの〝地下〟へ直行いたしますわ。これだけ時間が経っているんですもの。すぐに〝儀式〟は始められるでしょう」

『そうじゃの。ゲンブたちからも準備が整っていると報告が来ておる。あとは素材を持って〝祭壇〟へと向かうだけじゃ』

「では行きましょうか」

「はい！」

『わかった』

僕たちはラベンダーハウスにある書斎に入ると、仕掛けを起動し地下への通路を開きます。

地下に降りたところで、ラベンダーが待っていました。

「お帰り、お姉ちゃん、お兄ちゃん！　四神のみんなはもう準備ができてるって！　〝儀式〟が始まったら、お屋敷に影響が出ないように隔離するよ！」

「お願いしますね、ラベンダーちゃん」

『儂も隔離を手伝う。存分にやってこい』

「ワイズもよろしくお願いします。行きましょう、アリア」

「ええ、スヴェイン様」

地下にある通路を抜けてたどり着いた先、そこは円形にくりぬかれた広場でした。

僕たちはその通路を歩いて行き、中央の〝祭壇〟にある仕掛けを動かすと、出入り口の仕掛けが作動し、巨大な岩の壁で閉ざされます。

これでこの部屋は、完全に閉ざされた円形の広場になりました。

『来たようじゃな』

最初に話しかけてきたのは巨大な亀の姿と龍の尾を持つ聖獣ゲンブです。

彼は北方の守護を担当しています。

『待ちくたびれ……てはいないか』

次に話しかけてきたのはもっとも大きな姿をした龍のセイリュウ。

彼の守護担当は東方です。

『使用準備が整ったのもついさっきだよ？』

三番目に話しかけてきたのは白い虎の姿を持つビャッコ。

西方守護を担当する聖獣です。

『間に合ってよかったです』

最後は赤く燃えさかる体を持った鳥のスザク。

南方守護につく聖獣となります。

彼らは普段、聖獣郷に流れ込んでいる地脈の流れを制御して環境を整える仕事をしています。

ですが、同時に僕がこの錬金台を使う時のサポートもしてくれるありがたい存在なのです。

「四神のみんな。手間をかけます」

「ええ。普段から聖獣郷の環境調整をしてくださっていますのに」

『なんの。地脈の操作は儂らの得意分野じゃ』

『左様。まさか、ここまで都合のいい立地の場所があるとは思わなかったが』

『本当にね。ワイズが最初にここへ降り立ったのも偶然なんかじゃないかも』

『本当です。さて、雑談はこれくらいにして作業準備を始めましょう』

「そうですね。【精霊の錬金祭壇】の〝精霊炉〟に地脈の火を！」

僕の言葉に反応し、東西南北四方に散った四神から地脈の光が大地を駆け抜け、祭壇へと集まり、その中央にあった巨大な燭台、〝精霊炉〟に流れ込みます。

するると、〝精霊炉〟から十色の光を放つ炎が巻き起こり、周囲のストーンサークルにもその炎が燃え広がっていきました。

これで〝炉〟の準備は完了ですね。

「アリア、〝祭壇〟の起動を」

「かしこまりました。はあぁ！」

アリアが素材を置くための台の隣にある石板に十色の魔力を通すと、そこから光が流れ出し部屋の十カ所にあるかがり火に火が点き、その上にある文字が光り出します。

それらはすべて魔法の属性を表す文字。

ただし、現在使われているような魔法文字ではなく、もっと複雑な形をし、特殊な意味を込められた古代の魔法文字です。

ともかく、これで〝精霊炉〟と〝祭壇〟の準備は整いました。

残る作業はひとつだけ、いわゆる錬金術の行使〝儀式〟のみです。

【精霊の錬金祭壇】で錬金術を行う場合は〝儀式〟と呼ぶんですよね、規模が大きすぎて。

さて、四神のみんなは大丈夫でしょうが、アリアの魔力が減っていかないうちに準備を始めましょう。

まずは素材から。

水薬を作るための素材である、『深海竜の大血晶』を最初に台の上に置きます。

すると、深海竜の大血晶は輝きを放ち、光の粒に分解されて〝精霊炉〟へと取り込まれました。

……これ、順番を間違えても失敗するんですよね。

次は回復効果を増幅させるための素材、『生命樹の木の実』を台の上に。

これもまた光に分解されて〝精霊炉〟へ取り込まれます。

同じように声を現す風の素材『六翼竜の羽』を取り込み、最後が神経を司る雷の素材『雷獣の結晶』です。

これによって【精霊の錬金祭壇】は更に明るく輝きを放つようになり、準備が整ったことになります。

「さて、あとは錬金触媒と錬金術の行使ですか」

必要な触媒の属性は水・風・雷・光・闇・聖・回復の七つ。

これらは置いた順に取り込まれるわけではないので問題ないのですが、〝霊薬〟ということは中サイズ以上の魔石から作った触媒でなければいけませんし、失敗は許されません。

錬金触媒はさっさと並べてしまい、錬金術を始めましょうか。

あまり長い時間〝精霊炉〟の中に素材を入れっぱなしにしても、素材が消えてしまいますし。

僕は意を決し錬金触媒を並べ、錬金術を使用するための魔力を流し始めます。

「……やはり、【精霊の錬金祭壇】は魔力の引き抜かれ方が違いますね⁉」

僕は体内から魔力がどんどん、それも十種類の属性魔力に変換されて抜き出されていくのを感じました。

この【精霊の錬金祭壇】における最大の問題は錬金術の実行者、および〝祭壇〟の起動者双方が十属性すべての属性魔法を扱えなければいけないことです。

しかも、この錬金術の実行中……〝儀式〟はそれらの魔力を強制的に発動状態、つまり魔法を使用している状態にされてしまうので、かなりの魔力を消耗するのですよね。

おかげで僕もアリアも各魔法スキルのレベルが馬鹿みたいに上がっていて……スキルレベルを上げるにはいいのですが、使用するたびに魔力枯渇状態になってしまうため、効率がいいかどうかはなんとも言えない状態です。

僕もアリアも『極めた』属性が複数あるので、あまり文句は言えないのですが……リリスを心配させた回数は数えきれません。

それでも使うのをやめない僕たちも悪いのでしょうが。

「……錬金触媒が消費され始めましたか！」

僕の目の前にあった錬金触媒が光を帯び始め、少しずつ粒子となって〝精霊炉〟に吸い込まれていきます。

これが始まったということは、本格的な〝儀式〟の始まりの合図というわけで……僕の体から抜けていく魔力が増えていきました。

「やっぱりきついですよね、この錬金台は！」

「まだ悪態をつけるようになっただけ成長していますわ！」

「お互いに成長していますね！」

「ええ、まったくです！」

この【精霊の錬金祭壇】を作ったばかりの頃は、これくらいの段階でそろそろ魔力枯渇状態になって倒れ込んでいましたからね。

これを作ったのはおよそ二年前ですから、本当に成長したものです。

聖獣たちのお世話には何度もなりましたけど。

そのままお互いに魔力を注ぎ込み続けると、周囲の壁に描かれている魔法文字の一部から光が消え去り、残された文字が強い光を放ち始めました。

消え去ったのは火・土・時の魔法文字。

残されたのは水・風・雷・光・闇・聖・回復の文字です。

錬金触媒の影響を受け、〝祭壇〟の属性が決まった証拠ですね。

アリアの属性負担もこの時点から変わるはずですが、彼女なら耐えられるでしょう。

問題は僕の方、魔力が偏り始めるので、そのバランスをうまく保つように十属性を均等に保たなければなりません。

ここでバランスを崩してしまうと失敗です。

ここまできての失敗は、錬金術師として情けないなんてものじゃない。

更に魔力を注ぎ込み続けると、〝祭壇〟の魔法文字から〝精霊炉〟へと光が一直線に伸び、吸い込まれていきます。

いよいよ〝儀式〟も佳境となってきましたね！

光を受けた〝精霊炉〟は更に火の勢いを増し、そこにストーンサークルの火も吸い込まれました。

魔法文字の輝きも段々光を失い、すべての光が吸い込まれたところで〝精霊炉〟の炎も凝縮し始め、少しずつ形を変えていきます。

吸い出される魔力量も更に増しているのですが、最終段階でも気は抜きませんよ！

炎は固まりながら濃縮され、一本の瓶に入った水薬が完成し、台の上に現れると、ゆっくり台に降り立ちました。

それと同時に室内に四神の手によって灯りが灯され、僕とアリアは膝から崩れ落ちます。

「……終わりましたわね」

「ええ、終わりました……」

『お疲れ様じゃ。いま魔力を補給する』

『そうだな。お互い魔力枯渇で意識を保つだけでも辛《つら》かろう』

『とりあえず回復してあげるよ』

『そのあとはポーションをお飲みください。純粋魔力を人の体内に直接送り込むのは体によくありませんので』

四神は地脈の流れを管理するだけなのでほとんど消耗しません。

僕たちは魔力枯渇でいまにも気絶しそうなんですが……。

「そうします……」

「高品質のハイマジックポーションでしたら在庫がありますので……」

高品質のハイマジックポーション、これも作製が安定していないんですよね。

【精霊の錬金祭壇】で錬金術を行う限り必ず成功しますので、素材は間違えていません。

そうなると、僕が使っている錬金台の出力不足なんですが……どこかのタイミングで作り直しましょうか。

四神の手によって魔力を注ぎ込まれた僕たちふたりは、それぞれ高品質ハイマジックポーションを飲み魔力を回復させます。

マジックポーションもすぐに魔力を完全回復させるのではなく、急速に回復させるだけなので、枯渇状態から抜けるまでは数分かかりました。

「……アリア、今度エリクシールも作りませんか？　ある程度の数をまとめて」

「それがよろしいですね。あれでしたら三十分ほどで作れます。魔力枯渇もそこまで酷いことにはならないでしょう」

「……素材も山のようにありますしね」

「……ええ。エリクシールを飲んでエリクシールを量産するという、荒技もできる程度に山ですわ」

本当に困ったものです。

エリクシールとは中級霊薬の一種で、効果は『あらゆる回復作用の極大化』、回復薬など薬と一緒に飲めば、『併用した薬の効果を極限まで高める』ことができます。

つまりマジックポーションと合わせて飲めば、そのポーションで回復できる魔力をすべて一瞬で取り戻すことができるようになるわけでして……便利な常備薬になるんですよ。

しかも素材は全部聖獣郷で揃ってしまうので、採取に行く手間すらかからず……作る手間暇だけです。

ともかく、今日は時間もないことですし、動けるようになったらヴィンドの街に戻らないと。

「スヴェイン様、私はもう動けます」

「僕は……まあ、歩くだけならなんとか」

「では、マーメイドの歌声を持ってヴィンドへ向かいましょう」

「そうですね、行きましょうか」

地脈の調整に戻って行った四神と別れ、僕とアリアは部屋の仕掛けを作動させ、出入り口を開け屋敷側へと向かいます。

通路を抜けたところに、変わらずワイズとラベンダーが待っていました。

「お疲れ様！　お姉ちゃん、お兄ちゃん！」

『お疲れ様じゃ。かかった時間も約二時間半、想定通りじゃな』

「わかりました。屋敷や聖獣郷への影響は？」

『そんなものは出ておらぬ。些細なことを気にするな』

「些細なことではありませんよ、ワイズ。私どもにとっては大切なことです」

「そうですね。ワイズとラベンダーがいれば問題ないのはわかっていましたが」

『ならば気にするな。外に出てウィングたちと合流するぞ』

ワイズの言うと通り、あまり気にしても始まりません。

いまはマーメイドの歌声を持ち帰ることを優先しましょう。

僕たちはラベンダーハウスを出ると待ち構えていたウィングとユニにまたがり、再びヴィンドの街へ。

そこに降り立ったあと『潮彩の歌声』へと向かいます。

『潮彩の歌声』に着いたあとは、ウィングとユニを厩舎に預けて正面玄関に入りました。

そこには出て行く前に言っていた通り、エルドゥアンさんが。

「スヴェイン様、アリア様！」

「お待たせいたしました。マーメイドの歌声、作ってきましたよ」

「遅くなりましたわ」

「いえ！　完成したのですね⁉」

「ええ。明日の朝にでもイナさんに……」

「実はイナもまだ起きております。おふたりにマーメイドの歌声を頼んだことを告げ、起きて待っているように頼みました」

それはなんだか申し訳ないことを。

もう完全に真夜中の時間帯だというのに。

「そういうことでしたら急ぎましょう、スヴェイン様」

「そうですね。エルドゥアンさん、案内を」

「かしこまりました。こちらへ」

エルドゥアンさんに案内されてやってきたのはイナさんの私室ではなく、家族が集うダイニングルーム。

そこにイナさんをはじめ、エルドゥアンさんの家族全員が集合していました。

「……エルドゥアンさん、明日の朝でもいいんですよ?」

「そうも言ってはいられませぬ。申し訳ありませんがマーメイドの歌声を」

「はい。これがマーメイドの歌声です」

僕はクリスタル製の容器に入った水色の液体、『マーメイドの歌声』をエルドゥアンさんに手渡しました。

エルドゥアンさんは鑑定しようとしましたが……だめだったようですね。

「スヴェイン様、これは……」

「霊薬や神薬を鑑定したい場合、〈神眼〉が必要になります。僕とアリアは〈神眼〉持ちですのでそれが『マーメイドの歌声』だとわかりますが、保証する方法はありません。また、それを全量飲み干していただかねば、効果も正常に発揮されないでしょう。イナさんに飲ませるかどうかは皆さんの判断に委ねます」

「……わかりました。イナ、この薬を飲むかどうか、お前が決めなさい」

エルドゥアンさんが差し出した瓶を受け取ったイナさんは……迷わずその蓋を開け、液体を一気に飲み干しました。

ずいぶんと思いきりのいい。

「……美味しい」

「それはよかった。霊薬や神薬って味がバラバラなんですよ。味がよかったということは、水と回復属性が強く出ている霊薬なんですね」

「そうなのですか……あれ？　私、普通に喋《しゃべ》れてる？」

「はい、喋ることができていますよ。近くで診断しなければわかりませんが、呪いも消えているはずです」

「え……本当に喋ることができているの？」

「はい、本当に話せておりますわ。夢でも幻でもありません。イナ様自身の声ですよ？」

「お爺ちゃん、お父さん、お母さん、コリーナ姉さん、フレッド兄さん、ベルトラン、サリナ、エリナ……私、本当に話せているの？」

「ええ、話せておりますぞ！　イナ‼」

「ああ、お前の声だ、イナ！」

「間違いなくあなたの声よ！」

そのあとは家族全員で抱き合い、嬉し涙を流していました。

四年間かかっていた呪いが解けたのです、嬉しいのでしょうね。

さて、僕たちは……おや？

「エリナちゃん、あの輪の中に加わらなくていいんですか？」

「え、あ、いや……」

「どうかしましたの？」

「あの、スヴェイン様とアリア様は？」

「申し訳ありませんが、借りている部屋で眠らせていただきます。まだ、魔力が完全に回復していないもので」

「はい。正直に申しますと、かなり眠いのですわ」

「そうでしたか……申し訳ありません、引き留めてしまって」

「気にしていませんよ。そうだ、これをあとでイナさんに」

「これは……栄養剤？」

「はい。体調が悪そうですから。眠くなるので寝る前に飲むように伝えてください。あの様子ではもうしばらく誰も寝ないでしょうが」

「そうですわね。いまは眠気など誰も感じていらっしゃらないでしょう」

「悪いことではありませんよ。明日の健康に響かない範囲でしたら」

「そうですわね。では、私どもも明日の健康に響かないよう早めに寝ましょう。私とスヴェイン様も魔力回復の栄養剤が必要ですわね」

「この時間から眠り、明日の朝までに問題ないだけの魔力を回復させるとなるとそうなります。それではエリナちゃん、申し訳ありませんがその薬をイナさんに渡してあげてください」

「は、はい。イナお姉ちゃんの治療、ありがとうございます」

「これもなにかの縁ですよ。それでは」

「お休みなさいませ」

ふう、今日はさすがに疲れました。

モンスターの駆除に霊薬作り、いろいろやりましたね。

イナさんの容態の経過も気になりますし、エルドゥアンさんにお願いして一週間くらい延泊させていただきましょう。

＊＊＊＊＊＊＊＊＊

「あれが本物の錬金術師……ボクみたいに『職業』だけが【錬金術師】なだけのまがい物じゃない本物……」

【第8章】【錬金術師】エリナ

「失礼いたします。スヴェイン様、アリア様。お目覚めでしょうか？」

「ん……」

「あ、はい……」

〝マーメイドの歌声〟による解呪から一夜明けた翌朝、僕たちふたりはエルドゥアンさんに扉をノックされて目が覚めました。

窓の外を見てみると完全に朝になっています。

相当眠っていましたね……。

昨日の旅装のままからお互い着替えてもいませんし。

「はい、エルドゥアンさん。どうしたのでしょう？」

「朝食をお持ちいたしました。おふたりが起きてきていないのは、レオニーから聞いておりましたので」

「レオニーさんから。それは申し訳ないことをしました」

「いえ。昨日の夜、あんな夜遅くまで薬を作ってくださっていたのです。無理もありますまい。お食事は軽めのものをご用意させていただきました。食べることはできますでしょうか？」

「アリア、大丈夫ですか？」

「私は大丈夫です。せっかく作っていただいたのですもの。ご相伴にあずかりましょう」

「それでは。エルドゥアンさん、部屋の鍵を開けますね」

「よろしくお願いいたします」

エルドゥアンさんが押してきてくれたカートには、確かに軽めな味付けの魚介類を使った料理が載せられていました。

それをアリアと一緒に味わいながら食べ、食器までエルドゥアンさんが下げてくださることに。

なんだか申し訳ありません。

そうそう、延泊の話もしなければ。

「エルドゥアンさん。この部屋でなくても構いませんが、あと一週間程度の延泊は可能でしょうか？」

「それでしたらこの部屋をお使いいただいても構いませんが……急にどうして？」

「イナ様の容態が心配なのですわ。私どもも初めて作り、使用した霊薬ですもの、不備が出ては困ります。素材も製法も間違いがなかった以上、なにも起こらないでしょうが、一週間ばかり経過観察をしたいのです。だめでございましょうか？」

「おお！　そういう理由でしたら喜んで！　イナも昨日の夜いただいた薬を飲んで寝起きしたあと、調子がいいからといって家族が止めるのも聞かず、朝の食堂で数曲歌の披露をするほどでしたからな！」

「あはは……霊薬を使ったとはいえ治ったばかりですから、無理はしてほしくなかったのですが」

「三曲ばかり歌わせたところで退出させました。また倒れられても困りますのでね」

「そうですか。では、これらの薬もイナさんに渡しておいてください」

僕はマジックバッグから、数本の薬が入った箱を取り出しエルドゥアンさんに手渡しました。

エルドゥアンさんは鑑定で、すぐにこの中身がわかったようですね。

「喉の薬と栄養剤ですか。こんなにいただいてもよろしいのですか？」

「気にしないでください。僕にとっては素材だけで作れる代物です。有効活用できる方がいるのでしたら、その方に使っていただきたい」

「そうですわね。お気になさらず受け取ってくださいまし。スヴェイン様のお節介は、いまに始まったことではございませんもの」

「ではありがたく。それから、本日午後から時間を空けていただいても構わないでしょうか？」

「はい。イナさんの容態を診る以外はやることもありませんので」

「では、私たちとともに冒険者ギルドまでお越しください。お渡しせねばならないものがあります」

「わかりました。アリアも構いませんよね？」

「ええ。もちろんですわ」

「それでは。私はフロント業務もありますのでこれで」

エルドゥアンさんが食器を下げて出ていくと、僕たちの間にはまたゆっくりとした時間が流れ始めます。

とりあえず、こちらでの予定変更と治療の成功はリリスにも伝えなければなりませんね。

「来てください。ピックス」

僕が呼んで数分後、窓の外にハチドリに似た姿の鮮やかな色をした鳥がとまりました。

聖獣ピクシーバードのピックスです。

彼にこの数分の間で書いていた手紙……というかメモ書きを渡しました。

「ピックス。それをリリスに渡してください。内容はそれで伝わると思いますが、詳しい話は後日合流したあとにと伝言を」

「ピュイ！」

ピックスは一鳴きすると、再びその姿が消え去るくらいの高速移動で羽ばたいていきました。

あの速度であれば数分後にはリリスにメモが届くでしょうね。

さて、僕たちは午後までなにを……。

「スヴェイン様、アリア様。少しよろしいでしょうか？」

「エリナちゃん？」

「エリナちゃんが客室フロアにやってくるなんて珍しいですわね」

最上階にあるこの部屋に、人がひとり近づいてきているのは気がついていました。

ですが、それがエリナちゃんだったとはまったく想像もしていませんでしたよ。

とりあえず部屋に招き入れると、彼女はひどく思い詰めたような顔をしています。

一体なにがあったのでしょうか？

「エリナちゃん？　一体なにかございましたか？　顔がこわばっておりますわよ？」

「ええ、血の気も引いていています。あまり眠れていないのでは？」

「……そんなことは些細なことなのです。スヴェイン様とアリア様……特にスヴェイン様にお願いがあって参りました」

「僕に？」

「はい。お願いします、ボクを弟子にしてください‼」

……やれやれ、ここでも弟子志望の少女が一名ですか。

どうしたものか……。

＊＊＊＊＊＊＊＊

「申し訳ありません。スヴェイン様、アリア様。娘が勝手なことを口走ってしまいまして……」

「いえ、そこは気にしておりませんよ、レオニーさん。しかしなぜエリナちゃんは僕の弟子になることを志望したのですか？　僕は単なる旅の錬金術師ですよ？」

「その……申し上げにくいのですが、エリナの『職業』も【錬金術師】なのです。ただ、その才能は致命的なほどになく……」

ふむ？

『職業』が【錬金術師】なのに才能がない？

〝才能がない〟とはどの程度を指すのでしょうか？

「レオニーさん。具体的になにがどうできないかを教えていただくことはできますでしょうか？」

「その……私も錬金術は詳しくないのですが……〝魔力水〟すらまともに作れず、大半が失敗。

成功しても最下級品がほとんどで、まぐれで下級品ができる程度だとか」

「ふむ？　魔力水すら作れない？」

それはまたおかしな話です。

僕が四歳の頃に作れなかった最大の原因は、練度不足と魔力の込め方によるもの。

あと、魔力が足りていなかったためです。

そのコツさえわかれば魔力水、それも高品質の魔力水は量産できるはずなのですが……。

最高品質は少し手順が異なるので、お婆《ばあ》さまの残したメモで習いましたけどね。

「……あの、やっぱりあの子には見込みがないのでしょうか？」

「見込みがないというか……不自然すぎますね」

「不自然すぎる？」

「練習は怠っていないんですよね、いまの話を聞く限り」

「は、はい。裏の住居スペースには、物置部屋を改装したものですが、エリナの作業部屋もあります」

「そうなると魔力水すら作れないのは不自然すぎるんですよ。魔力水はすべての錬金術師が最初に習うべき基本素材です。なのに、それすら作れないというのはあまりにもおかしい。アリアは魔法系の職業ですが、ミドルポーションの作製をできますからね。確実ではありませんが」

「えぇ!?」

「所詮、『職業』とスキルなど努力次第で埋まるということですわ。ですが、確かに魔力水すら作れないのはおかしいですわね。私も〈錬金術〉スキルを覚えるまでは苦労いたしました。ですが、それを乗り越えてしまえば、品質のブレにだけ気をつけることでいくらでも作製できます。それを、適正職業である【錬金術師】が作れないというのはちょっと……」

これはなにか事情があるのでしょう。

もう少し詳しいわけを伺ってみましょうか。

「それで、エリナちゃんはいままでどうしていたのですか？」

「五歳の『交霊の儀式』で『職業』が判明したあと、この街で売られている錬金術の教本を読んで自主学習を始めました。そのあと、十歳の『星霊の儀式』で【錬金術師】が確定したあとは街でアトリエを開いている錬金術師の方々に家庭教師に来ていただき、指導をつけてもらうことにしたのです」

「なるほど。そのあとは？」

「最初に家庭教師に来てくださった方には『才能がない』と一カ月経たずに見放され、その後もそれが繰り返されました。もう、この街のアトリエでエリナを受け入れてくれる場所はどこにもありません。もちろん、そんな娘ですので、この街の錬金術師ギルドにも受け入れてはもらえませんでした」

五歳の時点から独学とはいえ学び始めているのに、成果が出ないというのはおかしな話です。

四歳からお婆さまの研究資料に囲まれて育ってきた僕と比べても仕方がないのはわかりますが、それを差し置いてもあまりに成長速度が遅すぎる。

「あの、スヴェイン様。イナの治療をしていただき、その上でまことに勝手なお願いになるのですが、一時間だけでも構いません、エリナに指導してあげてはいただけませんか？　それでだめならあの子も諦めが付くと思います」

「まあ、その程度なら構いませんが……エリナちゃんは今どこに？」

「朝、スヴェイン様たちに断られたあと、自室に戻って落ち込んでおります。呼んで参りましょう」

「お願いできますか？　あと、幼い頃から学んでいたという錬金術の教本というのも見せてください」

「かしこまりました。それでは、エリナを呼んで参ります」

レオニーさんが立ち去って行き、ダイニングルームには僕とアリアのふたりだけが残されます。

しかし、この状況は一体……？

「スヴェイン様、想像ができますか？」

「いいえ、まったく。なにが悪いのかすら想像もできません。ああ、でも、この国の錬金術の水準が遅れているのであれば、あれの可能性も……」

「あれ？」

「はい。それは……」

「スヴェイン様、アリア様。エリナを連れて参りました」

アリアに推論を語ろうとしたところ、レオニーさんたちが戻ってきてしまいました。

エリナちゃんはわかりやすく落ち込んでいますね。

「エリナ。まずあなたはおふたりに謝りなさい」

「……はい。申し訳ありません、スヴェイン様、アリア様。いきなり弟子にしてほしいだなんてわがままを言ってしまい」

「まあ、それはおいておきましょう。いまはあなたの〝才能のなさ〟とやらを調べるのが先決です。その本が幼い頃から使用していたという教本ですね？」

「はい、その通りです。この街では一般的な教本になります」

「家庭教師に来ていたという錬金術師の方々も使っていたのですか？」

「もちろんです。この街でこれよりわかりやすい教本などありませんから」

「では、その家庭教師からどこが悪いのか指摘されたことは？」

「……いえ、いままで一度も。『なぜこんなこともできないのか』と叱られるばかりで」

……この街の錬金術師は大丈夫でしょうか？

よくもまあ、そんな水準でやっていけるものです。

「あの、スヴェイン様。なにかわかることはありましたでしょうか？」

「はい、レオニーさん、少なくともその家庭教師たちが無能だったということは。いくら一般的な教本を使っているとはいえ、できていないところを指摘しないことには技術は進歩しません」

「……そうですか。でも、ボクには」

「あなたに才能がないかどうか決めるのは僕の仕事です。とりあえずその教本を」

「はい。お願いします」

僕はその本を開き、ご大層なことが書かれている序文はすっ飛ばし、魔力水の作り方が書かれたページを確認します。

おまけで「薬草の処理」について書かれたページも少し確認したあと、本を閉じました。

「あ、あの。スヴェイン様？」

「エリナちゃん。あなたに伝えるのは酷ですが、この本の内容はすべて間違いです」

「ええ⁉　いままで教えに来てくださった錬金術師の皆様もその本で学んだと……」

「逆に聞きます。この街で〝一般品のポーション〟は出回っていますか？」

「ええと、ボクには……」

エリナちゃんにはわからないのでしょう。

エリナちゃんは言いよどんでしまいましたが、代わりにレオニーさんがはっきりと答えてくれました。

「私がお答えいたします。ヴィンドの街で〝一般品のポーション〟が出回ることはありません。それらのポーションが出回る時は他の街からの輸入品のみです」

「でしょうね。この本の作り方に従って作れば、どんなに熟達しても〝低級品〟しか作れないでしょう。大半は〝下級品〟になっているはずです」

「そんな……」

「とりあえずはっきりしました。ヴィンドの錬金術はあまりにも遅れています。理由も聞きたいですか？」

「……お願いいたします」

「まず、〝魔力水を作る時の水〟。これは可能な限り雑菌や不純物を取り除いたものを使わねばなりません。この本に書いてある通り、どんな水でも構わないなどということはありません。エリナちゃんはいままでどんな水を使って魔力水を作ってきましたか？」

「……井戸から汲み上げたばかりの井戸水です」

「それになんの加工も施さず、まともな魔力水を作ることなど初心者には不可能です」

「うぅ……」

「次、〝薬草の処理〟について書かれていますが、これもその通りにやってきましたか？」

「もちろんです。薬草は買うと高いので街の近くで自力採取してきたものを使用していますが、その本に書かれている通り、根っこから引き抜いて持ち帰ったあと、薬草の葉を切り離し、天日干しにして薬草の効能を凝縮していいます！」

「それがそもそもの間違いです。薬草は根から引き抜くと、それだけで魔力が抜け落ち始め、品質が早く劣化します。また、なんの下処理もせずに天日干しにすると、ただの枯れた葉になるだけで薬効成分もなにもなくなります」

「えぇ……」

「読み進めれば間違いはいくらでも見つかるでしょう。でも、そんなことに時間を使うのはもったいないのでやめておきます。とりあえず、あなたの作業部屋に案内してください。〝まともなポーション〟の作り方を教えてあげます。一回だけですけど」

「だ、だめです！　ボクの作業部屋は……」

「なぜですか？　作業部屋でなければまともな作業などできないはずですが」

「……その、散らかっているんです。ものすごく」

「まずはそこから指導ですね。ともかく案内なさい」

「……はい」

エリナちゃんに案内された作業部屋は……確かに散らかっていました。

大量のメモ書きや天日干しされた薬草の葉から、彼女なりの努力もうかがえます。

しかし、何回も魔力水を試したあとの廃棄物が散乱しており、掃除もまともにされていないのか埃が舞っています。

更に、物置小屋だったということで日当たりも悪く、それ以上に換気もしっかりされていませんね。

「アリア」

「ラベンダーちゃんですね。わかりました、喜んで掃除するでしょう」

「え、え？」

「来てください、ラベンダーちゃん」

「はーい！　今日の用事は……おお！　掃除のしがいがありそうなお部屋！」

「このお部屋を徹底的に洗浄してくださいな。埃ひとつ舞い散らない程度に」

「了解！　一時間以上かかるけど平気？」

「まだエルドゥアンさんとの約束の時間には間がありますし大丈夫でしょう。よろしくお願いします」

「はーい！　お部屋の外で待っててね！　終わったら呼びに行くから！」

元気よく作業部屋に突入していったラベンダーを見送り、僕たちはダイニングルームへと戻ります。

そのあと、本の内容をチェックしてダメ出しをしたり、これから作業を行うにあたって必要になるものをレオニーさんに頼んで用意してもらったりしていると、ラベンダーが戻ってきました。

どうやら掃除が完了したみたいです。

ラベンダーをアリアが送り返したあとは全員で作業部屋に移動、その中が未使用の部屋のように綺麗になっていることにレオニーさんとエリナちゃんは驚いていましたね。

あまり驚いてばかりいても作業が進まないので、現実に戻ってもらいますが。

「さて、エリナちゃん。〝魔力水を作るための水〟については先ほど説明しましたよね？　覚えていますか？」

「はい。お母さんに作ってもらった湯冷ましの水を、綺麗な布で濾過《ろか》したものを使うんですよね」

「ええ。本来ならもっと綺麗な水を使うのですが、それを教えている時間はありませんのでそちらで代用します。さあ、始めてください」

「はい。ええと、布があまりへこまないように水はゆっくり注ぎ込む……できました」

「布の上に小さなゴミがたまっているのは見えますか？」

「は、はい。本当に小さなものですが……」

「湯冷ましを作る時点で大きなものは取り除かれます。ですが、錬金術で使う水ではたったそれだけのゴミですら致命的な影響を及ぼすことになるのですよ」

「そうだったんですね。ボクは井戸水で十分だと教わっていました」

「それがそもそもの間違いです。次、魔力水を実際に作ってみてください。手順も説明しましたよね？」

「はい。水をかき混ぜるイメージで魔力を短時間に溶かし込むんですよね？」

「その通りです。さあ、始めてください」

「は、はい」

エリナちゃんは緊張していますが……まあ、大丈夫でしょう。

少なくとも〝下級品〟なんていう失敗作ができるはずもない。

「……できた。魔力水がこんなに簡単に。それも〝低級品〟の魔力水が」

「低級品ごときで感動してもらいたくないのですが……」

「そんなことありません！　〝最下級品〟の魔力水を作るのだって二十回から三十回試して一回できればいい方で、〝下級品〟なんて年に数回しかできたことがないのに、たった一回、二時間ほど教えていただいただけで〝低級品〟ができるなんてすごいですよ⁉」

「錬金術師を名乗りたければ〝一般品〟を失敗せずに作れるようになりなさい。次、特別にポーション作りを体験させてあげましょう。薬草の葉と水の錬金触媒は僕が用意してあります。薬草の葉の品質は一般品、運がよければ〝一般品〟のポーションができますね」

「……そこは保証していただきたいのですが」

「初めての試みで魔力水が低級品なのです。諦めてください。手順は大丈夫ですよね？」

「はい。そちらもしっかりと覚えています。始めてもいいですか？」

「どうぞお好きなタイミングで」

「では、始めます！」

エリナちゃんは勢いを込めて錬金台に魔力を流し始めました。

うん、魔力過剰ですね。

「……初めてポーションが作れた」

「〝低級品〟で感動されたくはないのですが、とりあえずおめでとうございます」

「え、え？　ポーションってこんなに簡単に作れるの？」

「正しい手順を踏めばこんなものですよ。ちなみに低級品になった最大の原因は、緊張とはりきりすぎで魔力を過剰に流したせいです。初めてなので仕方がないでしょうが、そこの調整もできるようにならなければいけませんね」

「……すごい、すごい、すごい！　これが『本物の錬金術師』に学ぶってことなんだ‼」

「僕なんてまだまだ未熟ですよ。ミドルポーションの特級品も安定していませんし、ハイポーションの最高品質など素材も判明していません。霊薬や神薬も作れはしますが……もっと魔力を鍛えなければ」

まったく、どこまで鍛えればいいのか。

「あ、あの！　スヴェイン様！　今度こそ本気です‼　朝のように、お姉ちゃんを治していただいたことによる憧れだけの浮わついた心はありません‼　ボクを弟子にしてください‼」

「そうは言われましてもね……」

「あら、スヴェイン様。本当についてくる覚悟があるかどうか試してみては？」

「試す？　どうやって？」

「そこにある素材……さすがに薬草は変えねばなりませんが、それらを使って〝特級品ポーション〟を作ってみせてはどうでしょう？　それを見て心が折れてしまうようでは、弟子になど相応しくありませんもの」

アリアも過激ですね。

ですが、特級品ポーション程度で心が折れるなら、僕の技術を教える相手には不相応。

試させていただきますか。

「構わないでしょう。錬金台と湯冷ましを使わせてもらいますよ」

「はい！」

「では、錬金台の上に湯冷ましをセットして……」

この時点で一度錬金術を発動、蒸留水を作ります。

「あの、いまのは？」

「水を〝蒸留水〟というものに変えました。わかりやすく言えば、水の中から可能な限り不純物を取り除いた水です。本来なら更に取り除いた水も作れるんですが、そこまでやってしまうとそれはそれで悪影響が出るんですよ」

「なるほど……」

「では、これを魔力水に変えます」

「え？　一瞬で水が鮮やかな青色に？」

「この程度は朝飯前ですよ。品質は鑑定しなくてもいいんですか？」

「は、はい……〝最高品質〟!?」

「この程度は普通だということです。次、薬草と錬金触媒。錬金触媒は鑑定されないように偽装を施してありますが、薬草は鑑定できますよ」

「……うそ。薬草も〝最高品質〟」

「これらを揃えない限り、〝特級品ポーション〟を作るのはまぐれ当たりを狙うようなものということです。さあ、〝特級品ポーション〟にしてしまいますね。てい」

「いや、ていって……え？　本当に〝特級品ポーション〟ができてる⁉」

「この程度なら何十万回とやってきましたから。気をつけることだけ気をつければあとは余分な魔力などいりません。保存瓶への瓶詰めも終わりましたしこれで〝特級品ポーション〟の完成です」

「これが特級品ポーション……あの、いくらくらいするんですか？」

「とある商会に販売する時は一本金貨十二枚で販売しました。コンソールの冒険者ギルドには一本金貨十枚ですね」

「一本で金貨十枚以上……お爺ちゃんの宿も高級宿だけど、一泊金貨一枚以上の部屋なんてないのに……」

「お金に目が眩《くら》むようなら弟子など取りません。弟子にとっても特級品は作り方のヒントくらい教えますが、そこから先は自力でたどり着いてもらいます」

「……それでも構いません。弟子にしていただけますか？」

エリナちゃんの目には揺らがない意思の光が宿っていました。

……簡単には折れてくれそうにもありませんね。

「僕の弟子になりたい理由は？」

「僕は『職業』として【錬金術師】を授かっています。でもそれだけでした。ですが、スヴェイン様の昨日の治療を見て考えが変わったんです。【錬金術師】という『職業』には何の意味もない。必要なのは治療が必要な患者を助けられる知識と技術力なんだって。それを身につけられる機会、いまを逃せば次はもうないでしょう。スヴェイン様のようになれるかは……いえ、何年かかってでもスヴェイン様のように困っている方を助けられる錬金術師になります。どうか弟子入りを認めてください‼」

「ふむ。志は立派です。ですがそれを成し遂げるためにはその修行も相応にハードな道程。霊薬を作ることなど普通の錬金術師では一生かかってもできるかどうかわかりませんよ？　それでも、僕の元で学びたいですか？」

「はい‼」

さて、こうなってくると場所の問題があります。

ニーベちゃんを教えることは確定、定期的にコンソールを訪れなければなりません。

その上で、異様なまでに錬金術が遅れている環境のヴィンドにエリナちゃんを置いておくわけには……。

「スヴェイン様。ピックスを呼び戻しておきましたわ」

「アリア？」

「エリナちゃんも弟子にして差し上げたいのでしょう？　それでしたらコウ様にお伺いを立てては？　今後のことも考えるとニーベちゃんおひとりでは厳しいですもの」

「……それもそうですね。リリスには手間をかけさせてしまいますが、コウさんの説得をお願いしましょう。その間に僕たちはエルドゥアンさんをはじめとしたエリナちゃんの家族を説得です」

「それがよろしいかと。ピックスに事情を説明した手紙はもう持たせましたわ。リリスの元に向かわせても？」

「……手際、ずいぶんといいですね？」

「エリナちゃんの目を見た時からこうなることは予想してましたから」

「では、リリスの元にピックスを。僕たちはエルドゥアンさんたちの説得です」

「かしこまりました。ピックス、その手紙をリリスの元へ」

「ピュイ！」

ピックスは一声鳴くとすぐに見えなくなりました。

説得、成功すればいいのですが。

＊＊＊＊＊＊＊＊

「ふむ。なるほど」

「リリス嬢。今度の手紙にはなんと？」

私はピックスからの手紙を受け取りました。

アトリエ工事の進捗状況を確認しに来ていたコウ様とニーベ様も側にいるので都合がいい。

「いえ、スヴェイン様とアリア様が飛び出すきっかけとなった娘、エリナ様のことは覚えておいでですか？」

「無論覚えているとも。あれからそんなに経っていない。彼女がなにか？」

「彼女もまたスヴェイン様に弟子入りを志願したそうでございます。彼女の『職業』は【錬金術師】、イナ様の治療を施したスヴェイン様たちを見て〝本物の錬金術師〟を目指したくなったのだとか」

「そうか。それをわざわざ手紙で伝えてきたのか？」

「本題はここからでございます。彼女の修行をつけるにあたり、彼女もまたこの屋敷で客……いえ、ニーベ様のライバルとしておいていただけないかと」

「なに？」

「どういう意味なのです⁉」

「ニーベ様、落ち着いて。エリナ様は【錬金術師】。当然ながら錬金術ではニーベ様の先を行くことになるでしょう」

「それはそうだな。だが、それと彼女をここで預かることに何の関係性が？」

「ニーベ様が目指すのは【魔導錬金術師】、当然ながら錬金術も鍛えますが魔法も鍛えねばなりません。錬金術だけでもライバルがいた方が競争相手としてより高みを目指すための存在となりうるでしょう」

「なるほど……そのエリナという娘には悪いが、ニーベの当て馬か」

「はい。それにニーベ様を育てるにあたり不安な点がひとつございます」

「不安な点？」

「ニーベ様は体力が非常に弱い。今後改善していくでしょうが、そこを補っていただくためにも彼女の存在は都合がいいのです」

「どういう意味だ？」

「錬金術の修行は大量の薬草を必要とする。これはご存じかと」

「無論だ。準備がある程度進めば買い付けを始める……」

「その必要はございません。ニーベ様には〝薬草を育てていただきます〟」

「薬草を育てる？　まさか⁉」

「はい。薬草栽培の技術も伝えます。薬草栽培は野良仕事、ニーベ様の体力がつくまではおひとりでこなすのは難しいでしょう」

「だがそれは庭師などを使えば……」

「薬草栽培の技術は他人に漏らすことがないよう、栽培をニーベ様のみで行っていただきます。いかがです？　野良仕事をこなす人員が増えるだけでも儲《もう》けものだと考えますが」

「……そうだな。錬金術だけでも競い相手がいた方がニーベの刺激になる。それに野良仕事をニーベだけに任せるのは不安だ。その話、引き受けよう」

「快いお返事感謝いたします。では、私は返事を書いて参りますので」

さて、こちらの説得は上手くいきました。

スヴェイン様とアリア様は大丈夫でしょうか？

＊＊＊＊＊＊＊＊

「そうですか。エリナをコンソールで預かると」

僕とアリアはいまダイニングルームで、エリナちゃんの祖父であるエルドゥアンさんとお母様のレオニーさん、お父様のゲルトさん、エリナちゃんの六人でテーブルに着いています。

議題はもちろん、エリナちゃんの今後について。

「はい。先ほどあちらに残してきた護衛のリリスからも返事が来ました。コウさんの屋敷で引き受けていただけるそうです。あちらとしても娘の当て馬として【錬金術師】を利用したいのでしょう」

「よいのですかな、スヴェイン様。娘の目の前でそのようなことを明け透けに……」

「その程度でやる気をなくすならそれまでですよ。構いませんよね、エリナちゃん？」

「当然です！　当て馬だろうとなんだろうと負けるつもりはありません！」

エリナちゃんも本当にやる気ですね。

これなら頑張ってくれるでしょう。

「それで、修行期間はいかほどになりますかな？」

「最低でも四年ほどには。コンソールで弟子にした娘の修行期間がそれくらいですので」

「四年後、成人を迎える頃まででですか。それまでにはどの程度を仕込んでくださる予定で？」

「本人の努力次第です。できれば高品質のミドルポーション程度は確実に作れるようになってもらいたいですね」

「え？」

「高品質のミドルポーションですと⁉」

「僕の弟子にする上に四年もあるんです。その程度はできてもらわねば困ります。可能なら下級霊薬も仕込みたいのですが……あれは設備がちょっと」

「いや、この国の基準ではものすごいことですぞ⁉　ミドルポーションですらまず手に入らないのに、高品質ミドルポーションを確実になど！」

「この国の水準なんて知りません。僕は僕の基準で教え込みます。ついてくることができないのでしたら見捨てますからそのつもりで」

「はい！　覚悟します‼」

「エリナ⁉」

「ボク、なにもできない【錬金術師】は卒業したいんだ！　お爺ちゃん、お父さん、お母さん。お願いします‼」

「ふう、困りましたな……」

「まいったな」

「これは、止めてもまた飛び出して行くわね……」

「うん、その覚悟だよ！」

「……わかりました。スヴェイン様、アリア様。この末孫のこと、よろしくお願いいたします」

「ええ、任されました。エリナちゃん、出発は一週間後。それまでに着替えなどの生活必需品のみ揃えておいてください」

「え？　錬金台や教本は？」

「錬金台は嵩張《かさば》るのでコンソールに着いてから新しいのを買い与えましょう。この街の教本は害毒でしかないので置いていってください」

「わかりました！」

「家族とのお別れもその時までに済ませておいてくださいね。次に帰ってこられるのはいつになるかわかりませんから」

「はい！　そちらもしっかりと終わらせます！」

「よろしい。ああ、このあと少しだけ外に出てもらえますか？　あなたの覚悟と将来を確認してみたいです」

「ボクの覚悟と将来？」

「ええ。あなたが本当に霊薬や神薬を作ることを目指すならば、いい『職業』があります。覚悟が足りなければ死にますし、その職業を授かる条件も非常識なまでに厳しいものですが」

「……はい。ボクも霊薬や神薬に挑む可能性があるなら、覚悟を決めます」

「では、皆さんもよろしいでしょうか？」

僕の問いかけに返ってきたのは、心配が含まれていたものの、賛同するという言葉です。

エリナちゃんがまた飛び出しては適わないということなのでしょうね。

そして、僕は宿の裏口からエリナちゃんと、ワイズのことを知っているエルドゥアンさんを連れて外に出ました。

「ワイズ」

『話は聞いておった』

「え？　喋るフクロウ？」

『聖獣ワイズマンズ・フォレストのワイズという。お主の現在のスキルと潜在スキル……将来覚えやすいスキルを確認させてもらうので力を抜け』

「聖獣様がボクのことを……わかりました！」

『力を抜けと言うておろうに。……ふむ、これはまた面白い』

「面白い？　なにがわかったのです、ワイズ」

『この娘。ニーベとほぼ同じ潜在スキルを持っている。特に〈時空魔法〉に対する適性の高さはほぼ一緒じゃ。これならば、ニーベとともに育てることで【魔導錬金術師】にすることができるぞい』

「ふむ、本当に都合がいいですね」

『偶然の産物というのがまた面白いな。ただ、〈魔力操作〉スキルのスキルレベルがあまりにも低すぎる。そこから鍛えねばなにも始まらぬ』

「そうですか。ワイズ、こちらに留まっている間、エリナちゃんに魔力操作を教えることは？」

『それしかないか。ただ、あまり伸びんぞ』

「そこは向こうに着いてから必死にあがいてもらいます。わかりましたね、エリナちゃん」

「はい！」

こうしてエリナちゃんも【魔導錬金術師】を目指すことになりました。

エリナちゃんは【錬金術師】ですから錬金術が伸びやすい。

ニーベちゃんは【魔術士】ですから魔法分野が伸びやすい。

性質が異なる弟子ふたり、どのように育っていくのかが楽しみです。

……ケンカをして仲が悪くなることだけは避けていただきたいのですが。

【第9章】ヴィンド冒険者ギルドからの依頼

「お待たせいたしました。お昼の歌はいかがでしたでしょう？」

エルドゥアンさんと約束した通り、午後になって一緒に出かけることとなりました。

その際、イナさんも一緒だとは思いもよりませんでしたが。

「とてもすてきな歌声でしたわ。昨日まで声が出ていなかったとは思えないです」

「ええ。マーメイドの歌声とはここまで効果があったのですね」

「はい。私も正直驚いているのです。喉の調子がすごくよくて、いつまでも歌っていたくなるような……」

「イナ、嬉しいのはわかるが体力は戻っていないのだ。いまは数曲だけでやめておきなさい」

「……はい、お爺ちゃん」

「それで、行くのは冒険者ギルドでしたよね？　僕たちが馬を出しましょう」

「申し訳ありませんがそうしていただけますか？　イナを長距離歩かせるのは心配でして」

「そのお気持ちはよくわかりますわ。イナ様は私と一緒にユニへ」

「はい。ありがとうございます、アリア様」

分乗も終わり、僕たちは冒険者ギルドへと向かいます。

行く先はひとまず、宿屋街の近くにある冒険者ギルド支所ということでした。

そこで人と待ち合わせをしているんだとか。

「それで、エルドゥアンさん。どなたと待ち合わせなんでしょう？」

「ええ、実は……」

「来たか！　エルドゥアン師匠‼」

僕たちが冒険者ギルド支所の前までやってきた時、中からひとりの女性が飛び出してきました。

見た目は三十代ほど、小麦色に焼けた肌が特徴の女性です。

「もう師匠はやめなさいと言っているでしょう。マルグリット」

「師匠はいつまで経っても師匠だよ！　それで、朝の話は本当なのかい⁉」

「ええ、ここにいるスヴェイン様とアリア様によって解決いたしました」

「スヴェインとアリア？　そんな子供が？　って、一緒に乗っているのはイナちゃんじゃないか。

大丈夫なのかい、外に出歩いて」

「はい。ご心配をおかけいたしました、マルグリット様。スヴェイン様とアリア様のおかげで声が無事に戻りました」

「イナ、あんた、本当に声が？」

「はい。治療薬を作っていただけましたので」

「師匠、本当に治療薬が？　この国の最高位錬金術師どもすら匙《さじ》を投げた〝マーメイドの歌声〟が手に入ったのかい？」

「しつこいですよ、マルグリット。こちらにいるスヴェイン様とアリア様によって解決です」

「そうか。そうか、そうか！　これであのバカ貴族の呪いも……ん？　スヴェインにアリア？」

「マルグリット、なにか問題でも？」

「ああ、いや。師匠が認めているのなら問題はないさ。ただ、その名前に聞き覚えがあってね。悪いんだけどギルド本部まで一緒に来てくんないかな」

「私は構いませんが……スヴェイン様とアリア様は？」

「僕は問題ありません。アリアは？」

「私も。では参りましょう」

「わかった。あたしも馬を出してくる。ちょっと待ってな」

マルグリットさんが馬を連れてくるのを待ち、全員でこの街にあるギルド本部へと向かうことになりました。

ウィングたちを指定された位置につなぎ、ギルドの正面入り口から入っていきます。

すると、多少の喧噪《けんそう》に包まれていたはずのギルド内がピタリと静まりかえり、その場の全員がこちらを凝視してきます。

視線の先は……エルドゥアンさんとイナさんですね。

「あの、エルドゥアンさん。隣にいるのってイナちゃんですよね？」

「イナちゃん、外を歩いて大丈夫なんですか？　ずっと部屋に閉じこもっているって聞きましたけど」

「ああ、俺たちの不甲斐なさが原因とはいえ……こんなところに連れてきて」

なるほど、音が止んだのはこのためですか。

そういえば、冒険者さんたちが貴族からイナさんを守ろうとしてくれていたと聞きましたね。

でも、いまのイナさんなら問題ないでしょう。

「その節は皆様にもご迷惑をおかけいたしました。あの時言えなかったお礼を、いま言わせていただきます。私を守ろうとしてくださり、本当にありがとうございました」

「ん？　俺、昼間っから酒を飲みすぎたか？」

「心配するな。俺もイナちゃんの声が聞こえた」

「お前ら、夢じゃないぞ。間違いなくイナちゃんが喋っている」

「……エルドゥアンさん？　本当ですか？」

「ええ、本当です。まだ体力は戻っておりませんが声は無事に戻りました！　ここにいるスヴェイン様とアリア様によって〝マーメイドの歌声〟を作っていただけたおかげでございます！」

　エルドゥアンさんの宣言でまたギルドは静まりかえります。

　そして、その次の瞬間に巻き起こったのは爆音にも似た大歓声でした。

「本当かよ！　夢じゃねえんだよな⁉」

「マジだ！　イナちゃんもきちんと喋れてる‼」

「クッソ！　夢みたいな現実だ！　これでこの街はあのクソ貴族の呪縛から解放されたぜ‼」

「本当に呪いだったわけなんだけどね！　エルドゥアンさん、その子供たちが霊薬を作ったのも本当なのかい⁉」

「ええ、本当ですとも！　素材の間違いまで指定していただき、正しい素材を入手していただいた上で霊薬を作ってくださいました！　見た目は子供ですが本当に博識な錬金術師様ですぞ‼」

「ああ、こっちも夢みたいな話だ！　だが、エルドゥアンさんが認めてるんだから間違いねえ！」

「夢でも嘘でも構わねえよ！　イナちゃんを治してくれた！　それだけでこの街の冒険者にとっては大恩人であり英雄だ‼」

「おう、お前ら、一緒に飲むか⁉」

ええと、どうしましょうかこの雰囲気。

断るわけにもいきませんね。

「スヴェイン様とアリア様も少しだけお付き合い願えないでしょうか？　この分では収まりませんん」

「私も少しだけ歌を歌って差し上げたいのです。どうかお聴きになっていってください」

「スヴェイン様、少しだけご相伴にあずかりましょう？」

「そうですね。たまにはこういう空気も悪くないでしょう」

そういう感じで冒険者さんたちの宴《うたげ》に参加することとなりました。

皆さん、イナさんの声が復活したことを大いに祝っている様子で、彼女の歌声に聴き惚《ほ》れていますね。

……アリアにはそろそろ食べすぎについて注意しなければなりませんが。

「あむっ……スヴェイン様、このエビという魚介類も美味しいですわ。先ほどのタコというものも弾力があって見た目以外はなかなか美味しかったですし……」

「アリア、美味しいのはわかりました。でもそろそろストップです。夕食が食べられなくなりますよ？」

「……はい。我慢いたします」

「ん？　もう少し食べさせてやってもいいんじゃないか？」

アリアに注意をしたところ、近くにやってきた冒険者の方からたしなめられました。

冒険者からすれば食べるのも仕事のうちですよね。

屈強な体を作らなければならないのですから。

「アリアって食いしん坊で新しい料理には目がないんですよ。管理をしてあげないといけませんし」

「だが、その腕輪を見る限り、お前たちも冒険者だろう？　少しくらい食べすぎても……」

「申し訳ありません。私どもはあまり依頼を受けないのです。そのため、運動も……」

「つまり、食べすぎると太ってしまうんですよ。油断していると……」

「スヴェイン様、もう二度と油断はいたしませんので、その話はどうかご内密に……」

「女性にとっては深刻な悩みか。食べるのが好きでも限度は考えないとな」

「ご忠告、痛み入ります……」

「わかれば結構。それにしてもその腕輪の文様、特殊採取者か？　珍しいな」

「そのようですね。僕たちとしては貴重な薬草などを集めるのは基本なのですが」

本当に貴重な薬草などが採取できる場所を覚えておくのは基本なのですが、冒険者の皆さんって違うのでしょうか？

「その考えができるなら本物の採取者だな。ああ、俺はタイガ。見ての通り虎族だ。よろしく」

「スヴェインです。よろしくお願いします」

「アリアですわ。よろしくお願いいたします」

「それにしても特殊採取者か。この街にはあとどれくらい留まるんだ？」

「イナさんの経過観察をしたいので一週間程度でしょうか」

「そうか。マルグリットさんを通してひとつ受けてほしい依頼があるんだが頼めるか？」

はて、マルグリットさんを通しての依頼？

どういう意味でしょう。

「スヴェイン様、アリア様、ここにいらっしゃいましたか。タイガも一緒とは」

「よう、エルドゥアンさん。この街の英雄にあいさつがてら仕事の依頼をな」

「仕事の依頼ですか？」

「〝塩漬けの二十二番〟だ。特殊採取者ならいけるだろうと思ってな」

「あれですか……引き受けてくださるかは別ですよ？」

「まあ、話すだけ話してみるさ」

「そうしてください。マルグリットも来たようです」

エルドゥアンさんが言う通り、マルグリットさんが歩いてきました。

そういえば、どこに行っていたのでしょう？

「タイガ、あんたなんでスヴェインたちと一緒に？」

「ちょっと仕事の話を振ってみた。マルグリットさんは？」

「依頼達成の処理とちょっとした確認、可能ならお願いしたいことがあってね」

「じゃあ、マルグリットさんの部屋に行こうか」

「そうしてもらうよ。スヴェインとアリアも一緒に来てくれないかい？　師匠とイナちゃんは？」

「私たちも一緒に行きましょう。イナもそろそろ休ませねば」

「決まりだね。悪いけどギルドマスタールームに行くよ」

ああ、マルグリットさんってギルドマスターだったんですね。

お若いのにたいしたものです。

イナさんの歌が終わってしまうことを残念がる冒険者の皆さんを残し、タイガさんも含めた六人で階段を上がります。

ギルドマスタールームのドアを開けると、散らばった書類を片付けている身長一メートルほどの少女、あるいは小人族の女性がいました。

「ちょっと、ギルドマスター！　書類を読むのはいいですけれど散らかしたまま出て行かないでください！　片付けるのだって大変なんですよ⁉」

「すまないね、ネル。それよりもお客さんだよ」

「お客様？　って、エルドゥアンさんにイナちゃん⁉　出歩いても大丈夫なんですか⁉」

「はい。その節はご心配をおかけいたしました、ネル様」

「え？　イナちゃんが喋ってる？」

「ああ。師匠の依頼達成だ。師匠、依頼の達成証は？」

「もう作ってありますとも。あとはスヴェイン様とアリア様のサインだけです」

「わかった。ふたりとも、サインを頼むよ」

渡された依頼書に書かれている依頼内容は、【本物の〝マーメイドの歌声〟を入手してイナを治療する】でした。

報酬額は……白金貨十枚⁉

「エルドゥアンさん、この報酬の金額ですが……」

「申し訳ありません。私としてもその金額をお支払いするのが精一杯なのです」

「ああ、いえ。安いのではなく、高すぎるのでは？」

「そんなことはないよ。〝マーメイドの歌声〟を作ることは、国内の最高位錬金術師ども全員が匙を投げたんだ。そんな中、国外から霊薬を作れる錬金術師を一から探すなんて白金貨十枚ですら安すぎる依頼だよ」

「俺たちヴィンドの冒険者も金目当てじゃなく、自分たちの不甲斐なさを恥じて何とかしようとはしていたんだ。だが、〝マーメイドの歌声〟なんて霊薬を作れる錬金術師に心当たりもなければ、街を依頼で訪れた冒険者に話を聞いても当てがない。悔しいことにみんながみんな諦めちまっていたのさ」

「そうだったんですね。ですが、横からしゃしゃり出てきた僕たちが解決してしまってもよかったのでしょうか？」

「よくなきゃあんな大宴会はしないさ。イナちゃんの声が戻っていて、師匠があんたたちを認めている。それが重要なんだよ」

「……わかりました。それではこの依頼、完了のサインをいたします」

依頼達成と引き換えに渡されたお金、白金貨十枚。

いままでも白金貨は大量に受け取ってきましたが、このお金は重みが違いますね。

やはり、人ひとりの人生がかかった依頼の結果です、いままでの依頼とは訳が違う。特級品ポーションだって人の命を救うために使われるのでしょうが……やはり直接僕たちが救ったというのは感慨深いものがあります。

「さて、師匠の依頼はこれで完了だ。次、ヴィンド冒険者ギルドからスヴェインとアリアに依頼だよ。特級品ポーションと特級品マジックポーション。それぞれ五十本ずつ売ってもらえないかい？　ギルドの緊急用備品にしたい」

「ちょ⁉　ギルドマスター！　正気ですか‼　特級品ポーションをそんな数……」

「構いませんよ。緊急用備品ということで外に出さないならお売りしましょう」

「へ？　あるんですか？」

「うるさいねえ、ネル。つい先日コンソールの冒険者ギルドから届いた報告書に書いてあるよ。新しく任命した特殊採取者は桁外れの錬金術師だってね」

「いや、桁外れだからって……」

「霊薬を作ることに比べれば特級品ポーションくらい訳じゃないってことさ。それで、一本いくらで売ってもらえる？」

「コンソールの冒険者ギルドでは一本金貨十枚で売ってきました。さすがにそれ以上の値引きは不義理になるのでできません。値段交渉担当者もいまは不在ですし」

「……え？　特級品がまとまった数、一本金貨十枚で手に入るんですか？」

「そういうことさね。ネル、悪いが金の準備を……」

「ギルドマスター！　五十本ずつなんてけちくさいことは言わずに百本ずつ購入しておきましょ

う！　ヴィンドは港町だから、沖合のモンスター退治のためにマジックポーションも大量に使うんです！　この街の腐った錬金術士どもからではまともなマジックポーションは買えません！　ええ、備品費と予備費から二百本分のお金をかき集めてきます‼」

　ネルさんは勢いよくギルドマスタールームを飛び出して行きましたが……大丈夫でしょうか？　購入費用が倍もかかるんですよ？

　安くはないですよ？

「あー……まあ、多い分には困らないんだが……売ってもらえるかい？」

「在庫はあるので構いませんが……特級品のポーションって売り方を考えないと戦略物資になってしまいますよね？　そこは大丈夫でしょうか」

「確かにそうなっちまう。他に売っているところは？」

「コンソール冒険者ギルドとネイジー商会。あとは……コンソールの商業ギルドで混乱に巻き込まれたため、五十本ほどを商人ひとりに二本ずつ、二十五名に売った程度です」

「コンソール冒険者ギルドなら問題ない。ネイジー商会も悪い話は聞かないから大丈夫だろう。個人の商人に売ったのは気になるが、ひとり二本なら問題になる前に売り切れるから影響ないさ」

「よかったです。危険物なのは認識していましたので」

「でも、冒険者ギルドだからってどこにでも売っちゃだめだからね。場所によっては貴族や代官と癒着し、ズブズブな関係になっているところもあるからさ」

「肝に銘じておきます。ご忠告ありがとうございました」

ここでネルさんが大量のお金を持って戻ってきたので話は一度中断、僕とマルグリットさん、ネルさんは備品室へ移動してポーションを並べ、鑑定師たちに品質が問題ないか確認してもらいます。

結果は何の問題もなかったので、ネルさんから代金を受け取りました。

受け取りましたが……やはり、先ほどの白金貨十枚の方が重たい感じがします。

それが終わってギルドマスタールームに戻ると、今度はタイガさんからの話になりました。

「スヴェイン、アリア。さっきも言いかけたが〝塩漬けの二十二番〟の話を聞いてくれないか？」

「塩漬けということは長年達成者がいない依頼ですよね？　どんな内容でしょう？」

「依頼内容は『この街から日帰りできる範囲にある野生の動植物に関する生態系調査』だ」

はい？

そのような調査が〝塩漬け依頼〟？

僕が疑問に感じているとアリアも首をかしげていました。

うん、首をかしげたアリアもかわいいですね。

……ああ、いやそんなことはどうでもいいですか。

「お前らのその反応、そんな難しい依頼じゃないって考えてるだろう」

「もちろんです。というよりも、拠点周辺の生態系、野生動物の行動範囲に薬草や毒草類の群生地を調べておくのは当然では？」

「……うん、お前らやっぱり冒険者じゃなくて採取者だわ」

「どういう意味でしょうか？」

「冒険者ってのはな、もっと過酷な世界で生きてるんだよ。それこそ自分の足元を疎かにする程度にな」

「ですが、それでは薬草を集めるのに不便だったり、知らない間に凶暴な野生動物の縄張りに入り込んで襲われたりする危険性があるのでは？」

「その通りだ。実際、モンスター討伐を終えて戻る途中に野生動物に襲われ、深手を負い廃業なんて連中も少なくねえ。行方不明者や死者だってかなりいる」

「それはなんというか……うかつですね」

「まあ、俺もそう感じる。だからこそこの依頼なんだが……塩漬けになっちまってな」

「ふむ、これを受けてほしいと」

「ああ。報酬は出来高制になっちまうが、受けられる日数だけで構わねえ。どうだ？」

「……まあ、いいでしょう。アリアも構いませんね？」

「はい、構いませんわ。いくつか条件はつけさせていただきますが」

「なんだ？　俺からギルド職員と交渉しておく」

「第一に私どもがこの街に留まる理由はイナ様の経過観察です。朝夕の食事は『潮彩の歌声』で取らせていただきます。昼の時間内での活動とさせていただきますわ」

「わかった。他には？」

「そうですわね。周辺一帯の地図と新人冒険者パーティを一組、それからその護衛となるパーティを一組ご用意くださいな」

「地図は用意しなくちゃ始まらないだろうが、冒険者は？」

「あのですね、私やスヴェイン様は険しい山道や森の中を歩くのに慣れすぎておりますの。普通に私どもだけで探索をしては、『日帰りできる範囲』を大幅に超えた地域を調べてしまいますわ」

「……なるほど。調べすぎないための足かせか。護衛はお前たちの分も含めてか？」

「いえ、私どもは必要ありません。戦闘慣れしております。それも対モンスター特化ですわ。街の近辺に出没するモンスター程度に後れは取りません。新人冒険者が勝手に逃げ出したり暴れ回ったりするのを抑える役割を担っていただきます」

「わかった、そちらも含めて交渉しよう。調査期間は何日取れる？」

「今日も含めて一週間の宿泊ですから四日間ですわね」

「了解した。明日の朝……八時くらいにギルドを訪ねてきてくれ。交渉結果も含めて俺が説明する」

「承知いたしました。タイガ様の手腕に期待いたしましょう」

「責任重大だな。マルグリットさんも構わないか？」

「ああ。その程度であの塩漬けが少しでも片付くなら安いもんさ」

話はまとまったようなので、今日はこれで帰ることとなりました。

帰ったあとは夕食、アリアの食事量は控えめにさせ、食べすぎることのないよう細心の注意を払います。

イナさんの調子もよさそうですし、いまのところ順調でしょう。

そして翌朝、朝食を食べ終えたら冒険者ギルドへ向かいます。

少しばかり早く行動していますが、待たせるよりはよいはずですからね。

「来てくれたか。スヴェイン、アリア」

「はい。ギルドとの交渉は上手くいきましたか?」

「ああ、上手くいった。あっちもこの程度で少しでも塩漬けが減るなら儲けものらしい」

「では、責任を持って片付けましょうか」

「じゃあ、今日からお前たちと一緒に行動するパーティのところに案内する。……といっても新人組が来ていないいんだが」

「僕たちふたりが早く来てしまったので仕方がないのでは?」

「いや、冒険者たちは三十分早く集合をかけられていたんだ。冒険者同士、顔合わせもあるし出発前の装備チェックもあるからな」

「……大丈夫なんですか、それ?」

「……すまん、俺が紹介しておいてなんだが……自信がなくなってきた」

ともかく、タイガさんに案内されて冒険者ギルド内にある会議室に向かうと、男女四人組のパーティがいました。

風格や装備からいってこの方々が護衛を請け負ってくれる皆さんでしょう。

「タイガ。その子たちが護衛対象か?」

「いや、昨日話した採索リーダーの特殊採取者、スヴェインとアリアだ。本人たちの申告では護衛はいらないらしい。実際ここに来るまでの間、俺が殺気をガンガン飛ばしていたのにまったく動じなかった。気がついていなかったわけじゃなく、気がついていた上でいつでも対処できる態勢を整えてたんだ。見た目が子供だからといって侮っていたら相当痛い目を見る」

「タイガにそこまで言わせるとは相当だな。俺たちが今回護衛を担当する【アイシクルブロウ】だ。よろしく頼む」

「スヴェインです。こちらこそよろしく頼みます」

「アリアですわ。急な依頼を引き受けていただき感謝いたします」

「あ、ああ。それで、これがこの街と周辺地域の地図だ。今回調べてほしい範囲には印がつけてある」

地図を見せていただくと、四日間でそれぞれ別の地域を探索するように指示が出ていました。

僕は皆さんに確認を取ってその地図に線を描き加えていきます。

「その線は？」

「外側の線が僕たちふたりだけで調査した場合の予想調査範囲。内側の線が新人冒険者の足でついてくることが可能であろう予想調査範囲です。……せめて内側の線の範囲だけでも潰したいですね」

「なるほど。よく考えられている。この手の依頼を受けた経験があるのか？」

「いえ。団体行動、特に知らない方々と行動をともにする場合、自分たち基準の予想範囲だけではなく、実際に行動できそうな範囲も予測しておくようにと師匠から教えられました」

「素晴らしい師匠だな。話は変わるがイナさんの調子はどうだった？」

「まったく問題ありませんね。ただ、喉の調子がいいのといままで歌えなかった反動で、無理をしてでも歌おうとしている節があります。なので、家族から途中で止められていますが」

「なるほど。そこまで元気ならひとまず安心だ。君たちには本当に感謝しているよ。それで、今日の午前中だが、君たちだけで調査した場合の調査範囲で行動してみよう。それで新人たちがどの程度でバテるか様子を見て……」

「すみません！　遅くなりました‼」

会議室の扉を開け、謝りながら飛び込んできたのは、僕たちよりも少し年上くらいの少女。

セリフからして彼女が護衛対象のパーティでしょうか？

「なに慌ててるんだよ、リノ。まだ集合時間には早いって言ってるだろう？」

「集合時間なんてもう一時間近く前だよ！　もうすぐ出発時間じゃない⁉」

「大差ないだろう？　俺たちの仕事なんてただついて歩くだけなんだからよ」

「そうそう。ただそれだけなのに、難しく考える必要なんて……」

……彼らが護衛対象？

この依頼、大丈夫でしょうか？

「お前たちがこの依頼のもう一組のパーティ【スワローテイル】か？」

「え、まあ、そうです」

「ずいぶん遅いご到着だな？　事情があって遅れることになっていた探索リーダーでさえ、予定時間より早く来てブリーフィングを始めていたというのに」

「いえ、俺たち、単に森を歩くだけですよね？　だったら……」

「そうだとしても、これから数日にわたって行われる合同調査だ。早めに来て顔をあわせるのが常識。その程度のことも知らないのか？」

「すみません！」

「あ、えっと、すんません」

リノと呼ばれていた少女はしっかり謝っています。

ですが、他の少年たちはなぜ怒られているかすら理解していませんね。

本当に大丈夫なんでしょうか？

「もういい。今日の行動範囲について打ち合わせはもう済んでいる。お前たちは余計なことをせず、ただついてくればいい」

「うっす」

……これ、本当に大丈夫ですが？

タイガさんも額に手を当てていますし、だめなやつでは？

＊＊＊＊＊＊＊＊

実際、結果はすぐに出ました。

森歩きをし始めて一時間も経たないうちに、ギャアギャアわめきだしたのですから始末に負えない。

仲間割れまで起こしています。

そういうのは帰ってから存分にやってください。

……あ、薬草の群生地発見。

あそこは良質な魔力溜《だ》まりですね。周囲にモンスターの気配もありませんし、無理な採取をしない限りしばらくの間は使い続けられるでしょう。

しかし、新人冒険者たちは僕とアリアが道を決めていることにも不服を覚えているようです。タイガさんには申し訳ありませんが、明日は別パーティに変えてもらいましょうか。

太陽が中天にさしかかる頃になったため、そろそろ戻り始めなければなりません。

結局進めたのは新人が進めると判断した範囲の半分程度。

見積もりが甘かったですか……。

「さて、ここからは森を抜ける方向に探索範囲を変えます。無論、来た道を戻るなんて無駄なことはしませんのでくれぐれもお静かに」

「待てよ！　昼食休憩くらい取らせろ！」

「そんなもの取っている暇はありませんよ。あなた方が歩く速度が遅いせいで予定の半分程度しか調査できていません。まして、ここは安全が確保できていない森のまっただ中。こんな場所でどうやって昼食休憩を取るつもりで？」

「あ、いや、それは……」

「そもそもあなた方、昼食は持ってきているのですか？　見た限りなにも持ってきていないようですが？」

「そんなのギルドか探索リーダーが用意するもんだろ！　俺たちはただ守られているだけで……」

新人冒険者の反論に対し、強い言葉で否定をしたのは【アイシクルブロウ】のリーダーでした。

「そんな理屈が通るか阿呆《あほう》ども！　依頼を受けている以上、依頼主と交渉をして食事を用意してもらうことを確認できない限りはすべて自分持ちだ！　それに、冒険者なら不測の事態に備えて干し肉なんかの携帯食料くらいは持ち歩いているだろうが」

「ああ、いや、それは……街の近くの依頼だから携帯食料なんていらないと思って」

「考えが甘すぎる。俺たちだってお前らのような連中に分けてやれるほど携帯食料を持ち歩いているわけじゃない。街まで我慢しろ」

「え、あ……はい」

厳しいですね、絶対に数日分の携帯食料を持ち歩いているはずなのに。

ですが、先輩冒険者が渡さないと言っている以上、僕たちが渡すのもお門違いです。

僕たちの《ストレージ》の中やマジックバッグの中には大量に携帯食料が入っていますが、彼らには自分たちの考えの甘さを理解していただきましょう。

……それにしても、リリスやラベンダーが作った干し肉は柔らかいし美味しいですね。

その後も一時間ちょっと森の中を調べながら歩いていると、目の前に異様な魔力を放つ一角が現れました。

これはまた面倒くさい。

「はあ、こんなものまでありましたか」

「さすがは特殊採取者。この距離でもわかるか」

「あれだけ不自然な魔力と殺気を出していれば。間違いなく低級エリアですね。地図に印はつけましたし引き上げましょう。僕たちが踏破しても調査できません」

「適切な判断だ。低級なのは間違いないが、下手につついてC級などに出てこられても厄介か」

「それでも浄化の炎で焼いて終わりです。ですが、原因不明で終わると、再生したり範囲が広がったりしますからね。ギルドに任せましょう」

「街からここまでの最短移動時間は？」

「一番近い街門から馬車を使って移動、森に分け入ってここまで来るのに合計二時間ほどですね」

「それならば明日にでも討伐と調査が入るな。これはでかい収穫だ」

「こんなもの存在してほしくはなかったのですが、放置して侵食されるよりもはるかにいいでしょう。迂回《うかい》して帰りますか」

「そうだな。調査は続行するか？」

「多少遅れても大丈夫でしょう。彼らが音を上げなければ二時間以内には森を抜けますからね」

「違いない。行くとしよう」

僕たちは目の前にある森の一角を避け、別の道から街道側へと向かいます。

ですが、それに反発するのはまたしても【スワローテイル】の少年たちでした。

「おい、待て！　なんで急に方向を変えるんだ！　まっすぐ行った方が早いだろう!?」

「あなた方のお仕事は僕たちについてくることだけなんですが……まあ、説明くらいはしておきましょうか。あの森の一角はプラント族モンスターの巣です。魔力の強さや殺気の出し方からいって低級エリア、生息しているのはレッサートレントやレッサーマンイーターでしょう」

「ならなんで戦わないんだよ！　臆病風にでも吹かれたか！」

「今日は調査に来ただけ、戦う理由がありません。それ以上に森の一部だけがプラント族モンスターの巣になっている場合、必ず原因があります。それを調査する時間がないのですよ」

「でもレッサー種なんだろう！　それくらい俺たちでも倒せる！」

自分たちでも倒せるという主張に対し、怒鳴り声で制するのは【アイシクルブロウ】のリーダーでした。

「この阿呆ども！　お前たちはＦランクパーティだ！　レッサートレントやレッサーマンイータは単体ならＥランクだが、巣になっているならＤランク上位指定！　お前らの手に負える相手なんかじゃない！」

「それ以上に倒す理由などないでしょう？　あなた方の仕事は僕たちについて歩くだけ。それだけで報酬が支払われるのです。襲われてもいないモンスターと戦う意味とは？」

「うるさいな！　俺たちにだって生活があるんだよ！」

理由を説明しても納得しない【スワローテイル】に対し、ついに【アイシクルブロウ】のリーダーが我慢しきれなくなったみたいです。

「……だめだな。探索リーダー、護衛役として護衛対象の言動および態度に問題があると判断。これ以上の調査続行は不可能と進言する。リーダーの判断を仰ぎたい」

護衛対象の問題による調査続行の不可。

つまりは、【スワローテイル】に問題があるため調査を打ち切るという宣言です。

これには僕も賛成ですね。

「探索リーダーとして判断します。護衛対象に問題あり、これ以上の調査続行は不可能。速やかに街まで帰投します」

「聞いたなガキども。さっさと帰るぞ。これは上位冒険者からの命令だ。逆らうなら置き去りにする。探索リーダーからもお前たちに問題があって調査続行不可能と判断されている以上、お前らが野垂れ死んだところで俺たちには罰則なしだ。森でさまよいたくなかったら死ぬ気でついてこい。いままでみたいにお前らに合わせてのんびり歩くと思うな」

「ちょ、ちょっと待ってください！　それじゃあ、今日の報酬は⁉」

「探索リーダーの指示に従わなかったペナルティで減額は確定だ。どの程度かは知らん。反省しろ」

「いや、それは……困るというか……生活が……」

「だったらさっさと帰るぞ。日が沈みきる前に帰れば、薬草採取の依頼一件くらい追加で達成できるだろうよ」

「これ以上の問答は無用です。早く戻りましょう」

「ああ。お前らも遅れんなよ」

「ちょっと待て！　いや、待ってください‼」

後ろでなにかほざいていますが、無視です。

さっさと歩きやすい場所を選びつつ森を抜け、街道沿いまで出ました。

抜け出た場所は……このあたりでしょうか？

「ほう。このスピードであれだけ曲がりくねりながら森を抜けても、位置感覚がずれないか」

「ありがとうございます。このあたりの地理には疎いもので」

「多少ずれてもこの程度は誤差よ。それ以上に、ここまで正確に薬草の群生地を数カ所記した地図なんて、ギルドからすれば垂涎《すいぜん》の一品よ」

「まったくだ。まあ、あいつらは不合格だがな」

「ですね。リノさんという少女以外は全員立つこともできないだなんて」

そう考えると、彼女がなぜ多少息を切らした程度で立っていられているのか不思議でなりませんが、とりあえずおいておきましょう。

なかなか見込みのある少女だということだけは確かです。

「さて、プラント族モンスターの巣もありましたし、ギルドに戻りましょうか」

「そうだな。お前らもさっさと立て。モンスター相手に『バテたから待ってくれ』とでも言うつもりか？」

「いや、もう少し休憩を……」

「知らん。ついてこないなら置いていく」

「……はい」

ここでも相当な不満があったようですが、置いていかれるのは嫌だったようでついてきました。

ただし、ギルドに戻ったあと、僕と【アイシクルブロウ】の皆さんから報告の入った【スワローテイル】は、支払われるはずだった報酬がかなり減額された様子です。

タイガさんやギルド職員の方にも謝られてしまいましたし、申し訳ないことをしました。

翌日には別のパーティを紹介してもらえることになったので、その日は『潮彩の歌声』に戻り、イナさんの様子を確認してゆっくり休むことに。

問題は翌朝、ギルドに行った時に起きていたのですが。

「……すまん、スヴェイン、アリア。今回の依頼に乗ってくれるパーティがひとつも集まらなかった」

「タイガ様、事情を」

「ああ。昨日の間に【スワローテイル】のガキどもが、今回の依頼についての虚偽の内容を同年代のパーティに言いふらしたらしいんだ。その結果、ギルドがどのパーティに声をかけても依頼を引き受けてくれなかったようでな……」

「……それって、大丈夫なんですか？」

「少なくとも【スワローテイル】のガキどもに未来はない。依頼主に散々たてつき、虚偽の悪評を広め、自分たちを正当化しようとしたんだ。そんな連中に先輩冒険者が物ごとを教えるはずもないし、ギルドだってそんな信用できないパーティに仕事は回さない。あいつらを泊める宿だってなくなるだろうし下働きや荷運び役として雇う場所もない。残された道は金があるうちにヴィンドの街を出て別の街へと渡ることだ。……それに気が付けばな」

「それすら無理そうな気がしますね。それで、今回の依頼はどうしますか？」

「それなんだが……一緒に来てくれるか？」

タイガさんに案内された一室には【アイシクルブロウ】の皆さんと……リノと呼ばれていた少女がいました。

これは一体？

「来てくれたか、スヴェイン。その……冒険者は彼女だけになるが、今回の依頼を遂行することはできないだろうか？」

「彼女だけですか？」

「はい。正式にごあいさつしていませんでした。私はリノといいます。【治癒術士】です」

「あなたは【スワローテイル】のメンバーでしたのでは？」

「いや、彼女は昨日のうちに【スワローテイル】を抜けている。ギルドの記録を見せても構わない」

「それで、彼女だけで依頼を続けるとは？」

「彼女以外誰も依頼を受けてくれないんだよ。だが、彼女はひとりでも今回の依頼を最後までやると言ってくれた。俺たちの私情も入ってしまっているが、許可してもらえないか？」

ふむ、パーティを抜けてまでこの依頼を受けてくれますか。

今回の依頼は街のためにも必要でしょうし、彼女がどこまで頑張れるか次第ですが、試してみましょう。

「とりあえず構いませんよ。ついてくることができないならそれまでですが」

「ありがとうございます！　頑張らせていただきます‼」

「では、時間もあまりありません、今日の行動範囲を決めましょう。今日の範囲は……」

この日は昨日よりも少し広めに探索範囲を設定してみました。

ですが、リノさんは泣き言一つ言わず、僕たちの歩く速度に遅れずついてくることができましたね。

ちょっと意地悪が過ぎましたか。

三日目は少し行動範囲を狭くして、時間に余裕を持たせました。

代わりに昨日意地悪をしたお詫《わ》びも兼ねてリノさんに薬草採取の注意点や、錬金術を使わないでも作れる簡単な煎じ薬の作り方も教えます。

この日は予定よりもかなり余裕を持って進めたため、お昼休憩すら取れましたからね。

「……薬草ってこんな使い方もできたんですね」

「錬金術ではなく医術の知識になりますが、こういう使い方もできます。毒消し草のしぼり汁を綺麗な布に染みこませれば化膿止めに、麻痺消し草を煎じたものを患部に塗り込めば関節痛などの痛み止めになりますよ」

「スヴェインさんって博識ですね。私みたいな田舎育ちの娘なんかとは大違いです」

「うん？　リノさんはヴィンドの生まれじゃないんですか？」

「……私は馬車で数日離れた場所にある農村の生まれです。その村もあまり裕福ではなく、私は【治癒術士】を授かったため、街でも生きていけるだろうと考えて村を飛び出してきました」

「【治癒術士】なのに村を飛び出してきた？　それはなぜ？」

「え？　だって【治癒術士】って魔法系の職業じゃないですか。それなら、村に居座って余計な食い扶持《ぶち》を増やすよりも……」

「そうではありませんわよ、リノ様。農村部では治癒術師系の職業は重宝されます。高い薬を使わず、万が一の怪我や病気などを治していただけるのですから」

僕たちふたりの言葉にリノさんは激しい動揺を見せています。

そこまで考えがいたっていなかったのでしょうね。

「え、でも、私は村を出る時《ヒール》しか……」

「失礼ですが、いまの〈回復魔法〉スキルのレベルは？」

「え？　15まで上がりました。ですが、それでもできることは……」

「〈回復魔法〉のスキルレベルが15もあれば《ミドルヒール》と《キュアシック》が使えますわよ？　《ミドルヒール》はそれなりに大きな怪我を癒せますし、《キュアシック》ならばある程度の病を治せます。それだけの【治癒術士】がいる村は、財政的にかなり余裕が生まれるのでは？」

「そうなんですか？　私、《ミドルヒール》や《キュアシック》なんて使ったことがありません」

「ならこの場で試してみてくださいな。詠唱はさすがにわかりますわよね？」

「はい。『癒しの精よ。我が意に従え』《ミドルヒール》……え？　魔法が発動した？」

「おめでとうございます。というわけですので、街で暮らすことに未練がないのでしたら、故郷の村に帰ることをお勧めいたしますわ」

「……可能ならばそうします。街の暮らしは辛いので。ただ、蓄えもあまりありませんし、村を飛び出して行った娘を受け入れてもらえるかどうか」

「それはあなたの罪です。謝り倒しなさいな。少なくとも、いまのあなたは村に貢献できますわ」

「はい。帰る方法、なんとか見つけてみせます」

ちなみに帰る方法はすぐに見つかりました。

今回の依頼の中で、野生動物についての知識がほしくなった【アイシクルブロウ】の皆さんが村にいる猟師の方に話を伺えるよう取り次いでもらう代わりに、リノさんを村まで送り届けることになったのです。

あと、リノさんには四日目に錬金術も試してみてもらったらそちらも使えたので、簡単なポーションの作り方だけ教えておきました。

村で使う分には低級品のポーションでも大丈夫でしょうし、慣れていけば一般品も作れるようになるでしょう。

彼女は相当な頑張り屋ですね。

別れる時に少し餞別《せんべつ》でも贈りましょうか。

【第10章】ヴィンドからの出立

　ギルドからの依頼を完全に達成した翌日、いよいよヴィンドから出発する日です。

　ですが、その前に知り合いとなったリノさんの見送りですね。

　彼女は食堂が開く前にヴィンドを出発しますから。

「スヴェインさん、アリアさん。お見送りだけではなく餞別までいただいてしまい申し訳ありません」

「気にしないでください。リノさんは頑張っていましたからね」

「ええ。あなたの頑張りはこの四日間しっかり見届けさせていただきました」

「ありがとうございます。それで、このカバンの中身は？」

「応急治療に関する本と錬金術に関する本を一冊ずつ。それから初心者向けの錬金台を一台。薬草の葉をある程度。小袋に入ったものは……開けられるようになるまで秘密です」

「わかりました。それからこの杖は？」

「ちょっとしたエンチャントを施した杖ですよ。回復魔法の効率を上げる効果と土、水、聖の各属性を少しだけ強める効果があります。個人認証も行ってしまいましたので、リノさん以外には使えません」

「……それ、ものすごく高価な杖ですよね？」

「僕にとっては片手間で作れるような代物です。気にせずに使ってください。本当に大変なのはこれからですし」

「はい。村に帰ってからが大変ですわよ？」

「覚悟しています。一度飛び出して行っておきながら、もう一度受け入れてもらおうだなんてわがままを言うんですから。どんなに冷たい目で見られても、必ず受け入れてもらえるように頑張ります」

「ええ、その意気です。これからも頑張ってください」

「幸運をお祈りしております」

「はい。この一週間、ありがとうございました。いつかまた、お目にかかれる日を待ち望んでいます」

　リノさんは別れの言葉を告げると馬車に乗り込んでいきました。

　代わりにやってきたのは【アイシクルブロウ】のリーダーです。

「お別れも済んだか？」

「はい。彼女の事をよろしくお願いします」

「任せろ。俺たちもあいつのことは気に入った」

「それはよかった。それと、あなた方にもこの本を」

「こいつは？」

「リノさんにも贈ったものですが、治療薬や薬草類、回復魔法などを使った応急手当や効率的な治療方法を書きまとめた本です。僕のお手製で悪いのですがどうぞお納めください」

「悪いな。俺たちまで餞別をもらっちまって」

「いえ、気にせずに。僕たちも朝食の時のイナさんを確認したら街を離れます。次に会う機会がありましたらその時はまたよろしく」

「ああ。今度はトラブルなしで仕事をしたいもんだ」

「そうですね。では、リノさんをよろしくお願いします」

「任せろ。俺たちもいろいろ教えてもらえて助かった。本当に実りのある仕事だったぜ。またな、スヴェイン、アリア」

「では、お元気で」

「ご武運をお祈りしております」

【アイシクルブロウ】のリーダーが乗り込むと、彼らの馬車も出発していきました。

次に会える機会がいつになるかはわかりませんが、元気でいてもらいたいものです。

「それにしてもよかったんですの？　〝薬草の種〟まで渡して」

「相応のスキルレベルまで上げないと開かない封印ですから大丈夫ですよ。彼女なら薬草の種の危険性も理解できるでしょうし、悪用もしないでしょう」

「……それもそうですわね。そろそろ『潮彩の歌声』に戻りましょう。朝食が始まってしまいます」

「今回聴けるイナさんの最後の歌です。段々体調もよくなっているようですし、あとは無理さえしなければ問題ありませんね」

「無理をしそうになったらご家族が止めてくださるでしょう」

「そうですね。では、戻りましょうか」

「はい」

僕たちは『潮彩の歌声』に戻ると朝食を食べるために食堂へと向かいました。

そこではイナさんが綺麗な歌声を披露しており、癒されるメロディが流れています。

彼女の歌声を聴きながら朝食を食べ終え、声がかすれるなどの様子もないことを確認し終えたら、借りていた宿の部屋に戻り、忘れ物がないか念のための確認をしました。

そしてフロントに行き、エルドゥアンさんに部屋の鍵を返してチェックアウトを済ませ、コンソールに連れ帰る同行者を待ちます。

彼女もそんなに遅れずにやってきました。

「お待たせしました。スヴェイン様、アリア様」

「ええ、準備はできましたか？　エリナちゃん」

「そうですわよ？　今回は前回のような無鉄砲な旅路ではないのですから」

「わかっています。ちゃんと服も持ちました。それ以外の生活道具はコンソールに行ってから買い揃えるようにお爺ちゃんから指示を受けています。そのためのお金ももらっちゃったし……」

「服ですか。それにしてはかなり持ち物が少ないように見えますが？」

「お爺ちゃんから秋物以外の服はその都度買うようにお金を渡されています。できるだけ荷物は減らすようにと」

「荷物が多ければ僕たちのマジックバッグか《ストレージ》にしまいましたよ？」

「いえ、大丈夫です。ボクのわがままで半ば無理矢理弟子入りするんですから、持ち物は着替えだけで十分です。家族のみんなにも昨日送り出してもらえたし、立派な錬金術師になるまで帰らない覚悟もできています」

「そこまで覚悟を決めなくともよろしいのに。……ああ、エルドゥアン様も出ていらしましたわ」

　アリアの言う通り、エルドゥアンさんもやってきました。

　孫の見送りでしょうか？

「スヴェイン様、アリア様。どうか孫娘をよろしくお願いいたします」

「わかっています。もちろん、楽な修行をさせるつもりはありませんが、立派な錬金術師には育て上げますよ」

「魔法も教え込むことが決まりましたので……どこまで鍛えましょう？　レベル30が必須ということは、聖魔法ですと《サンクチュアリ》、回復魔法ですと《フェアリーヒール》なのですが」

「なるほど、これは厳しい修行になりそうですな。スヴェイン様、少ないですがこれをお受け取りください」

　そう言ってエルドゥアンさんが差し出してきたのは、お金を入れるための革袋。

　おそらく、エリナちゃんを育てるための費用が入っているのでしょう。

　僕たちへの謝礼も含まれているのでしょうかね？

「エルドゥアンさん、そのお金は受け取れません」

「え？　いや、しかし、錬金術の修行にはなにかとお金が……」

「最初の頃はお金がほとんどかからない方法で鍛えます。お金がかかるようになってきたら、自力で稼いでいただかないと」

「……なるほど。私の想像などはるかに超える厳しい修行になるようですな」

「できれば半年程度で最高品質のポーションとマジックポーションは仕込みたいところです」

「確かに。それができるようになればお金に困ることはないでしょう」

「その程度を目指してもらわないと間に合わないんですよ。エルドゥアンさんからエリナちゃんに別れの言葉はないのですか？」

「それはもう昨日の夜に家族全員が済ませてあります。あえてこの場で言うのであれば……次に顔を見せる時は必ず大成した姿を見せなさい」

「うん。お爺ちゃん！　行ってきます‼」

「最後に私ひとりくらいは見送りましょう。スヴェイン様とアリア様も道中お気をつけて」

「ええ、お世話になりました」

「またいずれ、イナ様の様子を見に訪れさせていただきますわ」

エリナちゃんのカバンはアリアが《ストレージ》でしまい、僕たちはウィングとユニに騎乗します。

そして、エルドゥアンさんの見送りを受けながら『潮彩の歌声』を出発、途中野営を一日挟んでコンソールの街へと戻ってきました。

二週間程度しか空けていなかったのですが、久しぶりに戻ってきた気もしますね。

……リリスが側にいなかったせいでしょうか？

ともかく、これからエリナちゃんもご厄介になる予定のコウさんのお屋敷まで行きましょう。

ワイズが先触れとして行っていますから、僕たちがこちらに戻ってきたこともあちらで把握しているはずです。

実際、コウさんのお屋敷前まで行くとリリスが待ち構えていました。

「お疲れ様でした。スヴェイン様、アリア様」

「リリスもご苦労様です。アトリエはできていますか？」

「はい。〝増設〟も済んでおります」

「さすがリリスですわ。気が利きます」

「それほどでもございません。エリナ様もお元気になられたようですね」

「はい。前は心配をおかけしました」

「自制ができるようになったのでしたら結構です。ウィングとユニを預けたら応接室に向かいましょう。コウ様とニーベ様がお待ちです」

「コウさんたちを待たせていましたか。それは申し訳ないことを」

「急ぎましょう、スヴェイン様」

「そうですね。エリナちゃんも一緒に来てください」

「は、はい！」

僕たちはウィングとユニを預け、リリスの案内に従い応接室へ向かいます。

部屋に到着し入室の許可をもらい入ると、コウさんとむくれ気味のニーベちゃんがいました。

「お待たせしました、コウさん、ニーベちゃん」

「お待たせいたしました」

「いや、我々が早く来たのだから構わない。特にニーベが急《せ》かしてな……」

「ニーベちゃんはやはりご機嫌斜めですか」

「うむ……ニーベが【魔導錬金術師】を目指しているところに、他にも【錬金術師】の弟子を連れてきた。それが気に食わない様子でな……」

「気持ちはわからないでもないので大丈夫です。とりあえず、いまはエリナちゃんの処遇について決めたいと考えていますが、よろしいでしょうか？」

「ああ、一向に構わない。その娘はどのように扱えばいい？」

「できる限りニーベちゃんと同じ待遇を。特に魔力枯渇を頻発させます。誰か側に人をつけるようにしてあげてください」

「なに？」

「え⁉」

さすがにこの話は、コウさんだけではなくエリナちゃんも予想外ですよね。

ですが、エリナちゃんも【魔導錬金術師】を目指すと決めました。

ならば、ニーベちゃんと同じ道を歩んでもらわないと困ります。

「スヴェイン様！　ボクは屋敷の下働きをしながら錬金術の修行をするだけでも十分です！」

「それでは時間があまりにも足りません。あなたも魔力量が少なすぎます。いまのあなたでは霊薬ひとつを完成させる前に魔力枯渇で意識を失うことでしょう。ありとあらゆる意味ですべての時間をニーベちゃんと同じだけ修行にあててもらいます」

「しかし、なんの理由もなくニーベと同じ待遇というのも……」

「理由なら与えましょう。支度金として年白金貨一枚。五年分で白金貨五枚を先払いしておきます。いかがでしょうか？　エリナちゃんひとりの寝食と側付きのメイドひとり、これだけのお金があれば十分な支度金になるはずですが」

「ああ、いや。確かに十分すぎる支度金だ。だが、そこまでする意味があるのか？」

「はい。エリナちゃんも【魔導錬金術師】を目指すと自ら決めました。ワイズにも確認してもらいましたが、ニーベちゃんと同等の素質あり。あとは『職業』による得意不得意程度の問題だけです」

「スヴェイン様！　そんなに私のことが信用できないのです⁉」

ここに来てニーベちゃんの怒りが爆発しましたか。

まあ、無理もないでしょう。

ただ、彼女の説得はもう少し後ですね。

「それで、コウさん。エリナちゃんの扱いは問題ありませんか？」

「いや、私は問題ないのだが……ニーベは不満そうだぞ？」

「ニーベちゃんはこのあと説得します。ただ、僕の故郷でも一部の人間しか知らないことを話すので、コウさんにはご退室願いたいのですが」

「う、うむ……そういうことならばニーベの説得は任せる。私は執務室に戻るので説得ができたら来てもらいたい。エリナにもひとまず客室を用意せねばならないからな」

「はい。お願いいたします」

コウさんが僕たちにニーベちゃんの説得を任せ、退出したところで……早速ふくれっ面なニーベちゃんの説得を始めましょう。

その前に、部屋の隔離ですね。

「プレーリー」

「レイク」

「オブシディアン」

「『キュイ』」

「えっ⁉」

「額に宝石のついたリス⁉」

カーバンクル三匹による三重隔離結界により、この応接室は完全に隔離されました。

さて、ニーベちゃんを納得させましょうか。

「ニーベちゃん。あなたは『職業』についてどこまで詳しく知っていますか？」

「え？　スヴェイン様、なにを言い出すのです？」

「これから話す内容について大切なことだからですよ。それで、どこまで知っていますか？」

「ええと……『職業』の種類によってできることが違うのです。あと上位職と下位職によってもできることが違います」

〝上位職〟に〝下位職〟？

わからない単語が出てきましたが、いまは無視させていただきましょう。

これから話すことに比べれば些事《さじ》でしょうから。

「ニーベちゃん、それからエリナちゃんもよく聞いてください。『職業』により変わるのは〝スキルの成長のしやすさ〟、それ一点のみです。適正スキルであれば伸びも早いですが、よほど相性が悪いスキルでもない限り誤差なんですよ」

「「え？」」

「例えば【魔術士】の基本五属性魔法の成長倍率は一・二倍です。対して【錬金術師】の基本五属性魔法の成長倍率は一・〇五倍となります」

「スヴェイン様、〝成長倍率〟ってなんなんです？」

「はい。ボクも聞いたことがありません」

「〝成長倍率〟とは『職業』を授かっていない状態を一倍としてどれだけスキルレベルが伸びやすいか、あるいは伸びにくいかを表すものです。つまり基本五属性魔法だけを見れば、ニーベちゃんの方が〇・一五倍だけ成長しやすくなります。ここまではいいですか？」

「はいなのです」

「わかりました」

「では次、スキル〈錬金術〉の成長倍率ですが、【錬金術師】の成長倍率は一・二五倍、【魔術士】の成長倍率は一・一倍です。こちらも〇・一五倍の差しかありません」

「え？　え？」

「スヴェイン様？」

「はっきり言いましょう。【魔術士】と【錬金術師】が【魔導錬金術師】を目指す限り、その差はほとんどありません。錬金術でより努力をするか、魔法でより努力をするか。それだけの違いです」

「……そうなのです？」

「とても信じられないのですが……」

「信じるか信じないかはおいておきましょう。あなた方が互いに切磋琢磨《せっさたくま》するかどうかの問題ですから」

「むぅ。そう言われるとそうなのです」

「ボクは【錬金術師】だけど魔法を鍛えなくちゃいけない」

「私は【魔術士】ですが錬金術を鍛える必要があるのです。結局、苦手分野を鍛えるのは一緒なのです」

「そういうことです。いまからいがみ合っていても仕方がない。それに、修行が始まれば、ひとりでは進められないことが実感できますよ？」

「……わかったのです。まずは納得するのですよ」

「ええと、よろしくお願いします、ニーベ様」

「固い口調はいらないのです。それから十一歳で同い年だとも聞きました。〝ニーベちゃん〟でいいのですよ！」

「ええっ!?」

「……実年齢よりも幼く見られることにも慣れているのです」

「その……ごめんなさい」

「とりあえず納得はしたのです。お父様に報告ですよ」

「は、はい！」

うん、ニーベちゃんの説得もできました。

あとは実習を始めてから、ひとりでは無理なことを思い知ってもらいましょう。

【第11章】スヴェイン先生の錬金術講座

エリナちゃんをヴィンドから連れ戻った翌日、早速指導開始です。

まずは一番基礎で大変な作業からですね。

僕たちは、ニーベちゃんとエリナちゃん、コウさんと一緒に用意してもらった薬草畑の予定地までやってきました。

「スヴェイン殿、リリス嬢の指示通り、薬草畑用の土地を用意したが……本当にこのような場所でいいのか？　ニーベが出入りしても目立たず、肥沃ではない土地ということで、魔法練習場のすぐ側の土地を用意したのだが」

「ええ、構いません。むしろ都合がいいですね。あと、今日はコウさんも畑に入れるようにしておきますが、明日以降はニーベちゃんとエリナちゃん、それから僕たちしか入れないようにします。頑張ってください」

「はいなのです！」

「頑張ります！」

「さて、薬草畑用の畑作りですが……一回目は僕がお手本を見せましょうか」

「お手本です？」

「そういえば土を耕すための道具もありませんよね？」

「薬草畑を耕すために必要なのは魔力だけです。始めますよ？　『土の精よ。我が意に従え』《クリエイトアース》」

僕が発動した《クリエイトアース》によって、用意してもらった畑用の土地が混ぜ返されました。

その結果として、土の中に埋もれていた石なども地表に出てきましたね。

「なんなのですか⁉」

「いまのって⁉」

「土属性の初歩魔法《クリエイトアース》を〝不完全な形〟で発動させた結果です」

「不完全な形？」

「いまのが不完全なんですか？」

「はい。《クリエイトアース》は土を盛り上げたりへこませたりして〝固める〟魔法。このように〝柔らかくする〟魔法ではありません」

「……そういえば土が柔らかくなっているのです」

「ボク、《クリエイトアース》を見るのが初めてだから、こういう魔法だとばかり」

「まあ、こういうわけです。まずは、いま畑の上に出てきた石ころを取り除きますよ。僕たちも手伝いますから」

「「はい！」」

僕とアリア、リリスも手伝って畑に出てきた石を取り除きます。

ふたりはまだ元気ですが、大変なのはここからですよ？

「さて、それでは実習開始です。ふたりで《クリエイトアース》を使って畑を耕してください」

「え!?」

「待ってください！　ボク、魔法を使った経験すらありません!?」

「薬草畑を作るには土魔法は必須です。詳しいやり方ですが、《クリエイトアース》を発動させたあと、完全に発動しきる前に魔力を放散させてください。そうすれば土が固まりません。また、《クリエイトアース》を使う時は地中奥深くから土をせり上げてくるイメージで使うように。いいですね？」

「……いきなり厳しいのです」

「……まだこれが初めなんだよね」

「ほら、早く始めないと今日中に終わりませんよ？」

「「はい……」」

ふたりは勢いを失いながらも作業を始めました。

何回も失敗して土を固めながらも徐々に耕し、石が出てきたらそれを取り除きを繰り返し、何とかお昼までには畑を完成させることができましたね。

「すごいのです！　この畑の土！　ふかふかです！　ジャリジャリしません！」

「本当だ！　すごく柔らかい！」

「薬草栽培を本格的にやろうとするとこれくらいの土が必要なのです。それと、土魔法を使った理由も教えますね」

「「はい！」」

「薬草を育てるには地中に魔力を溜めてあげる必要があります。そのために土魔法で耕しました」

「……なるほどなのです」

「原理がわかるとためになります」

「さて、昼食を食べたら次の作業です。まだまだ終わりませんよ？」

「やっぱりなのです……」

「ですよね……」

あきらめ顔のふたりも一緒に全員で食事を取ります。

そして午後の作業ですが……畝作りからですね。

これも《クリエイトアース》で作るのですが、ふたりは大苦戦。

僕が作った一つを見本に残り九つを作るため、二時間かけました。

「大丈夫ですか、ふたりとも？　ここから本格的な作業になるのですが」

「……まだ準備だったのです」

「……修行ってきつい」

「それはもちろん〝薬草栽培〟ですから。土地を耕して終わりなわけがないでしょう？　薬草を育ててその葉を採取しなければ意味がありません」

「……そういえばこの土地、〝薬草畑〟だったのですよ」

「……なにを作っていたのかも忘れてたね」

「ふたりともよく見ていてくださいね？　種を蒔《ま》く間隔などを間違えると、生育状況が悪くなりますよ」

ふたりに最適な間隔を教えながら種を蒔いていきます。

種を埋めなくていいのか聞かれましたが、蒔くだけで平気と答えておきました。

「さて、蒔き終わりましたら種に魔力水をかけていきます」

「魔力水!?」

「はい、魔力水です。といってもあなた方ではまだ満足な魔力水は作れないでしょうし、魔法で作った水で代用してください。《クリエイトウォーター》の水で大丈夫です。品質は上がりませんけどね」

僕はアリアやリリスにも手伝ってもらい、畑一面に蒔いた薬草の種に魔力水をまいていきます。

すると、すぐさま種から芽が出ました。

見学にきているコウさんも含め、これにはとても驚いていますね。

「……と、まあ、薬草の種は正式な手順を踏めば簡単に発芽します。あとは毎日、水やりを欠かさなければ数日で薬草を採取できるようになりますよ」

「薬草を採取……具体的にはどれくらいの日数がかかるのかね?」

コウさんに聞かれましたし答えておきましょうか。

「普通の薬草でしたら三日目から採取できます。風治草なら二日目、魔草だと……五日目ですね」

「風治草? 風治草も栽培できるのか!?」

「できますよ。魔力水なしで栽培できるのは薬草と風治草のみですが……」

「本当に風治草が栽培できるのだな!? どの程度入手できる!?」

「採取に失敗しなければ種も取れますのでいくらでも栽培できます。それがなにか？」

「ああ、スヴェイン殿は知らないか。この街では冬になると毎年必ず風邪《かぜ》が大流行するのだ。風治草が大量入手できれば……」

「なに？」

「毎年大流行する原因はわかりませんが、風治薬だけでは風邪は治まりませんよ？」

「風邪は伝染病ですからね。罹っている患者がいる限り完全に治まることはありません。特に体力の低いお年寄りや子供は風邪に罹りやすい」

「いや、だが……ああ、そうか。スラムの住人が……」

「やっぱりスラムがありましたか。風邪の感染源はわかりませんが、根本的な原因を絶たない限り治まるものでもありません。それに、ここで大量に風治草を栽培したとして、誰が大量の風治薬を作るんです？」

「いや、それは……」

「ネイジー商会で異常な数の風治草を販売すれば、なにかあると宣言するようなものですよ？そうなれば危ないのはこの屋敷の住人。特に見た目が幼いニーベちゃんになります」

「……確かに」

「とりあえず、次に来る時は風治薬を大量生産してから来るとしましょう。保存瓶がなくても二カ月から三カ月は効き目が消えませんから、冬の間だけなら大丈夫です」

「……すまないがよろしく頼む」

「任されました。さて、本来ならこのまま数日時間をかけて生育するのですが、今日は採取まですべて体験してもらいます。ちょっとした手品を見せてあげましょう」

僕は畑に対してある魔法をかけ、一気に薬草を生長させます。

すると、種から茎が伸びて葉が多いしげり、立派な薬草畑が完成しました。

「……え？」

「……これ、全部薬草？」

「薬草ですよ？　薬草の採取を始めましょう。採取の仕方や注意点を説明しますね」

僕はふたりに注意点を説明し、採取用のナイフを渡してあげたら実際に採取を始めさせます。

僕たち三人も手伝っての作業でしたので、薬草畑一面に生い茂った薬草をすべて採取しても一時間程度で終わりましたが、ふたりはもうかなり疲れていますね。

ふたりが休憩している間に追加の魔力水もまき終わりましたし、今日最後の作業といきましょうか。

「ふたりとも、最後の作業を始めますよ？」

「……まだあったのです」

「……今度はなんですか？」

「薬草の〝葉〟は入手できました。最後は〝種〟を採取して終了です」

僕は再び畑に魔法をかけて最終段階、種を採れるところまで生長させました。

「……薬草の種ってこんな風にできるのですね」

「……ボクも初めて見たよ」

「黄昏《たそが》れていないで種も集めますよ。さすがに全部集めろとは言いません。四百個くらいでいいでしょう」

「……エリナちゃん、四百なのです」

「……頑張ろう、ニーベちゃん」

ふたりは完全に疲れ切っていますが……これができないと錬金術の修行になりませんからね？

とりあえず、四百ちょっと集めさせたら畑から出して最後の説明をします。

「さて、これで種の採取は終了。あとは次の栽培の準備です」

「次の栽培⁉」

「まだあるんですか⁉」

「当たり前でしょう？　一回採取しただけで終わりでは意味がないですよ。まあ、ふたりとも疲れているようですから実習はさせません。やり方だけ見ていてください」

僕は畑の縁に手をつくと《クリエイトアース》を発動、畑全体をかき混ぜて枯れた薬草をすべて土の中へと埋め込みました。

「さて、これが薬草栽培の一サイクルです。最初に土を耕すのは新しい畑を作る時だけ。それ以外の時は、畝作り、種蒔き、水まき、薬草の採取、種の採取、枯れた薬草の地中への埋め込み。これが基本となります」

「枯れた薬草を地中に埋めるのはなぜなのですか？」

「こうすることでより地中に魔力がたまります。これを繰り返すことで土壌の品質がよくなり高品質な薬草を栽培可能となりますよ。また、採取し損ねて種を地面に落としたり、採取しなかった種が発芽したりするのも防げます」

「……高品質な薬草って栽培できるんですね」

「薬草栽培を繰り返し、高品質な魔力水を毎日与えていれば高品質な薬草が毎日採取できるようになります。僕の拠点では毎日山のように最高品質の薬草の葉が手に入りますよ？」

「それで、あの数の特級品ポーションか」

「そういうわけです。そうでもない限り特級品のポーションなんて数を揃えられませんよ」

「……それもそうだな」

コウさんがいまさらのように言いますが、当然でしょう？

素材があるからこそ生産物もできるのですから。

「さて、ニーベちゃん、エリナちゃん。あなた方ふたりは今日から薬草栽培を始めなさい。錬金術を鍛えるにはポーション作りが必須。錬金術師を鍛えるためにお金がかかる最大の原因は、薬草の購入資金なのですから。それを無視して無制限に集められるのです。最高品質ポーション類を作るためにもいまから始めて慣れましょう」

「……エリナちゃん、昨日は怒ってごめんなさい。これからは仲良くやりましょう」

「……そうだね、ニーベちゃん。ひとりずつ別々に薬草栽培なんてできっこないよ」

うん、ふたりも仲良くなってくれたようでなによりです。

ああ、でも、もうひとつ注意点を伝えないと。

「ふたりとも。薬草の手入れは日の出の時間帯に行ってくださいね」

「「え？」」

「薬草って日が昇り始めると土地の魔力を吸収し始めるんです。その前に魔力水や魔法の水で土地に魔力を与えておかないと魔力枯渇状態になって品質が落ちますからね。あと、薬草の葉も日の出の頃に採取するのが一番品質のいい状態なんですよ」

「……笑顔でものすごく大変なことを言われているのです」

「……ボクもお爺ちゃんの宿で早起きしてお手伝いしていたけど、そんな早起きしたことなんてないや」

「スヴェイン殿、さすがに酷ではないか？」

「だからこそ、ふたりにそれぞれ側付きのメイドを用意してもらいたいのです。そういうメイドでしたら日の出頃にふたりを起こすこともできますよね？」

「う、うむ。可能だな……」

「というわけですので、明日からあなた方は早起きです。僕たち三人もお屋敷にいる間は様子を確認してあげます。生活習慣の改善も修行のうちですよ？」

「……はいなのです」

「……わかりました」

　ふたりは疲れたように言いますが、辛いのは最初のうちだけです。

　慣れたらそうでもなくなるので頑張ってもらいましょう。

　慣れるまでが大変ですけどね。

＊＊＊＊＊＊＊＊＊

薬草栽培を始めた次の日、早速次の授業の開始です。

次は錬金術ですね。

日の出の時間から起き、畑の世話をしてきたふたりは少し眠たげですが。

「ふたりとも大丈夫ですか？　今日から錬金術の授業を始めますよ」

「わかったのです。スヴェイン〝先生〟」

「よろしくお願いします。スヴェイン〝先生〟」

はい、ふたりが僕を呼ぶ時の呼び名もスヴェイン先生となりました。

ふたりは僕の弟子ですし、師匠となったわけですから問題ないのですが……こそばゆいです。

「今日の課題は〝蒸留水〟の作製です」

「〝蒸留水〟です？」

「たしか水の中から不純物を取り除いたという水ですよね？　どうやって作るのでしょう？」

「まずは概念から教えます。コウさんに用意していただいたものもありますからね」

僕はあらかじめ用意してもらっていた蒸留装置をセットしました。

各種装置をしっかりつなぎ合わせ、濾過水もフラスコの中に入れ、密閉すれば準備完了ですね。

「先生、これはなんなのです？」

「蒸留装置です。まあ、見ていてください」

僕は魔石バーナーに火をつけ、フラスコの水を加熱します。

やがて沸騰し始めたお湯から蒸気が立ち上り、蒸気口を通って冷却器を通過し再び水になって、もうひとつのフラスコへと溜まっていきました。

うん、正常に作動していますね。

「……先生、これはなにをしているのでしょう?」

「これが蒸留の原理です。簡単に言ってしまうと水を一度蒸発させ、冷やすことで再度水にしています」

「何の意味があるのです?」

「加熱されている方の水の中には、目に見えない不純物が入っている可能性が高いです。今回は濾過水を入れていますが、それでもなお不純物はあるはず。それらのほとんどは水が蒸発してもそのまま残り続けるので、再び冷やされた水の中にはそれらの不純物が極めて少なくなります」

「それが蒸留水?」

「はい。ある程度たまりましたし、少し飲んでみましょうか」

「……毒じゃないのですよね?」

「……あと、苦かったりとか」

「先生なのに信用されていませんね。とりあえず飲んでみなさい。違いがわかりますから」

「わかったのです……あれ?」

「これって?」

「どうです? 違いがわかりましたか?」

「……味がしないことくらいしかわからないのです」

「うん。なんの味もしない」

「はい。蒸留水はなんの味もしません。水の味は基本的に水の中に含まれる不純物でついています。大抵はミネラルと呼ばれる体に無害な鉱物などですね。塩もそのひとつですよ」

「……これを錬金術で作るのですか？」

「……一体どうやって作ればいいのでしょうか？」

「僕の故郷ではみんな結構簡単に作るんですけどね。とりあえず、わかりやすい判別方法を使ったやり方から試しましょう」

僕はふたりの錬金台の上に濾過水を置き、そこに塩を溶かしました。

これで準備完了です。

「先生？」

「いま溶かしたのは……塩？」

「はい、塩を濾過水に溶かしただけです。試しに飲んでも安全ですよ？」

「じゃあ飲んでみるのです……塩の味がするのです」

「うん。塩水だね」

「これを錬金術で普通の水に変えてください。それで〝蒸留水〟の完成です」

「塩水を普通の水に変えるんです？」

「それってどうやれば……」

「お昼過ぎまでは自分たちだけで考えなさい。午後になってもわからなければヒントをあげましょう」

「……先生はやっぱり厳しいのです」

「頑張ろう、ニーベちゃん」

　そのあとはふたりとも錬金台に向い、ひたすら錬金術を試しては水に口をつけ、また錬金台に水を戻して錬金術を試すのを繰り返しました。

　僕とアリア、リリスはふたりの様子を眺めるだけで手出しはせず、そのまま昼食の時間に。

　昼食後には約束通りヒントを与えることにしました。

「さて、ふたりとも。いままでどうやって〝蒸留水〟を作ろうとしていましたか？」

「え？　それは水からお塩を取り出そうとしていたのです」

「はい。そうすればいいんですよね？」

「いいえ。それでは〝塩がなくなった濾過水〟ができるだけですよ。そもそも溶けてしまった塩をどうやって取り出すのですか？」

「あ……そう言われればその通りなのです」

「塩を溶かしたからそれを取り出せばいいとばかり……」

「午前中に蒸留のやり方は見せましたよね？」

「蒸留……そうなのです！　一度全部蒸発してなくなってから、お水だけが集まればいいのです！」

「そっか！　水の中から見えないものを取り出すんじゃなくて、水だけにしてしまえばいいんだ！」

「それでは午後も頑張ってください」

「「はい！」」

　やり方には気がついたようですね。

実際、何回か試しているうちに塩の味が抜けたこともあるようですし、その時はまた塩を溶かして再度練習を始めました。

今日と明日はこのまま蒸留水の練習だけに使いましょう。

蒸留水の作製に失敗するようでは次の工程が大変ですから。

＊＊＊＊＊＊＊＊＊

蒸留水作りを始めさせて二日後、予定通り次の段階へと段階を進めます。

「ふたりとも、蒸留水の作製はどの程度の確率で成功するようになりましたか？」

「私は80％くらいなのです！」

「ボクはまだ60％くらいしかできません……」

「魔力操作の熟練度が違うからです。エリナちゃんはスキルレベルをもっと上げてください。ニーベちゃんもスキルレベルが上限まで行っても訓練を怠らないように。いいですね？」

「「はい！」」

「では、今日から新しい錬金術の練習に入ります。ここからが本格的な錬金術になりますね」

「おお、遂に！」

「ということは……〝魔力水〟ですね！」

「はい。〝魔力水〟です。ここから先の錬金術は魔力を消費するようになります。気持ちが悪くなったらすぐにやめ、自室に戻って仮眠を取ってきなさい。そうすれば最大魔力もほんの少しだけ上がります」

「そんなに魔力を使うのです？」

「ニーベちゃん、ボクたち薬草栽培もしているんだよ？」

「あ……畑にまく分の魔力水を作っておかなくちゃいけないのです……」

「そういうこと。ものすごくたくさん作り貯《た》めておかなくちゃいけないんだ」

「わかってくれたならよろしい。そうそう、先にこれを」

　僕はマジックバッグに入れてあったウエストポーチを出しました。

　デザインは両方とも一緒で、色だけが少しだけ違います。

「先生、これはなんなのですか？」

「ウエストポーチですよね？」

「はい。マジックバッグにしたウエストポーチです。容量は五十倍ほどの大きさになっています。これまで採取した薬草もこれに均等に分けて入れておきました。今日からはこれを身につけて歩きなさい。個人認証もかけておきますから」

「先生……容量五十倍って白金貨十枚でも買えないのです……」

「ちょっと怖すぎます……」

「僕にとっては簡単なものです。それに持ち運ぶ魔力水の多さを考えたら、それくらいの容量はないと困りますよ？　この先、入れるものはどんどん増えていきますし」

「わかったのです……」

「なくさないようにします……」

「なくしたらなくしたで、また差し上げますよ」

とりあえずマジックバッグも渡しましたし授業再開、ふたりに蒸留水を作ってもらいました。

「さて、魔力水ですが、エリナちゃんには少しだけ説明しています。ニーベちゃんには説明していないのでもう一度最初から説明しますね。魔力水は水の中に魔力を溶かした水になります。作り方は錬金台の上に水を置き錬金術を実行、魔力を水に溶かし込むだけです」

「それだけなのです？」

「端的に言えばそれだけです。ですが、普通にそれをやろうとしてもうまくいきません。なぜなら、水に魔力を溶かそうとしても反発されてうまく溶けず、また実行可能時間も短いので満足な量を溶かせないのですよ」

「ああ、それでヴィンドにいた時のアドバイスを」

「はい。魔力水を作るコツは水をかき混ぜながら一気に魔力を溶かすイメージで行うのです。この時、溶かす魔力が多すぎれば水の色は濃い青色になり、少なければ薄い水色になります。どちらも品質が下がる原因になりやすいので注意が必要ですね」

「具体的にどんな色を目指せばいいのです？」

「そうですね、見本はこれです」

僕はマジックバッグから透明なクリスタルに封じ込めた青い水を取り出しました。

中の水は言うまでもなく魔力水です。

「……それが目標」

「はい、僕が作った〝最高品質の魔力水〟です。ふたりともこれに近い色を目指してください。

お手本はニーベちゃんの机とエリナちゃんの机、両方に置いておきます。完成した魔力水は必ず鑑定すること。低級品だったら捨てて構いません。一般品以上だったら樽《たる》に入れて保存し、畑にまきましょう。一般品と高品質は分けて保存してくださいね」

「「はい」」

ふたりは早速練習を始めましたが、鑑定しても捨ててばかりいますね。

僕のように幼い頃から何度も作っていたわけではないですし、すぐに一般品は難しいですか。

次段階、傷薬作製までは……四日ほど間を空けましょう。

＊＊＊＊＊＊＊＊

魔力水を作り始めてから四日後、一般品の魔力水はそれなりに作れるようになってきました。

高品質はまだ無理なようですが仕方がないでしょう。

コツも教えていませんし、手つきがまだ拙《つたな》いので慣れが必要です。

このまま続けさせてもいいですが、そろそろ次段階に進めないと。

僕たちの帰る日も決めなくてはいけませんからね。

「ニーベちゃん、エリナちゃん。どうです、調子は？」

「魔力水、難しいのです……」

「ヴィンドにいた頃よりもはるかに上達していますが……」

「僕だって初めは苦労していましたからね。指導者がいても難しいものは難しいです。さて、次が今回僕たちのいる間にする最後の指導、〝傷薬〟の作り方です」

「えっ⁉」

「傷薬で終わりですか⁉」

「今回は傷薬までです。この続きは次に来た時、教えましょう」

「……わかったのです」

「……残念です」

「僕たちがつきっきりの教師ではないことを忘れずに。では、傷薬の作り方ですが、素材は〝魔力水と薬草〟になります」

「ここで薬草を使うのです」

「そうだよ。ここから先で薬草を使うから錬金術の勉強ってお金がたくさんかかるんだ。本当は」

「あなた方は自分たちで薬草栽培を続ける限り薬草に困ることはありませんからね。薬草って本来なら銀貨くらいするはずですから結構大変らしいです。それはともかく傷薬の作り方ですね。傷薬は魔力水と薬草を錬金台の上に置いて錬金術を実行ですよ。コツは均等に魔力を流すのではなく、魔力水から薬草側へと魔力を通すイメージで行うことになります」

「わかったのです」

「早速やってみます」

「ええ、頑張って。それから傷薬は魔力水以上に魔力を消費します。魔力枯渇の症状が出たらすぐに仮眠に向かうこと」

ふたりは僕の注意を聞き入れ、傷薬作りを始めました。

ふたりの様子を見る限り一般品の量産には成功しているようですが、魔力の消耗も激しいのですぐに軽いめまいを起こし仮眠を取りに行かねばならず、ちょっと焦っていますね。

仮眠の回数が多いということは、最大魔力を増やす機会が多いということでもあるのですが、あまり焦らないでほしいものです。

あと、付与術の授業、宝石付与が残ってしまいましたが……魔力操作が完璧でないと危険ですし、次の機会です。

あまり詰め込みすぎても行けませんからね。

今回は錬金術の基礎固めに徹し、次回来た時から本格的な指導に移りましょう。

【第12章】教本を探して

「えー！　先生方もう帰っちゃうのです⁉」

「はい。ボクも残念です……」

傷薬の作り方を伝えた翌日、弟子ふたりに帰還予定日を伝えました。

わかりやすく言ってしまえば三日後なんですけどね？

「ニーベもエリナも堪《こら》えなさい。スヴェイン殿たちが来てもう一カ月近くが経つ。アトリエの設計や設備の助言、この国では手法さえ伝わっていない薬草栽培の技術まで教えていただいたのだ。これだけのことをしていただいて、わがままを言い困らせるものじゃない」

「でも……」

「ボク、ポーションも習いたかったです……」

「そのあたりについては宿題として話しましょう。今日は図書館に行きますよ」

「図書館？」

「僕たちがいない間の教本を探しに行きます。……望み薄なんですが」

「……確かにスヴェイン殿たちの基準で言えば望み薄だな」

「まあ、行くだけ行ってみます。図書館の蔵書と同じ本を発注したり、可能であれば買い取ったりできるんですよね？」

「うむ。可能だ。どれ、私の方から娘たちの……」

「教本代は僕たちが支払います。その代わり、その代金に見合った学習はこなしてもらわないと困りますが」

「なるほど、ニーベから厳しい厳しいとは聞いていたが……ここでも厳しいか」

「たった四年の時間で【魔導錬金術師】なんて『職業』を目指すのです。一切、甘えは許しませんよ。今後も厳しく指導します。まあ、指導以外は甘やかしてもいいですが」

「だそうだぞ、ふたりとも。指導の時だけは手を抜くな」

「わかっているのです！」

「いまは【錬金術師】なのに、錬金術でニーベちゃんに後れを取っています。でも、絶対に追いつきます！」

「む。絶対に追いつかせてなどあげないのですよ！」

「いいや、錬金術だけは絶対に負けないよ。魔法では勝てそうにないもの」

このふたり、いいライバル関係になってくれているようです。

普段は仲がいいですが、学習の進捗度合いだけは絶対に譲りませんからね。

「……ふむ。こうして考えるとエリナを同門として迎え入れたのは大きいな。お互いにいい刺激になっている。スヴェイン殿から提案を受けた時はどうなることかと危惧したが、よい方向に進んでくれて助かる」

「こちらこそ、部屋をニーベちゃんのすぐ側に用意してくださってありがとうございます」

「可能な限りニーベと同じ待遇を与えたくなったからな。しかし、教本か……ヴィンドのものは酷かったのだろう？　コンソールでも満足なものが手に入るか」

「……そこは期待しましょう」

打ち合わせを終えると、僕はアリアとリリスに弟子ふたりを伴い、コンソール中央図書館へと向かいます。

地図は執事のジェフさんが用意してくださったので助かりました。

たどり着いた図書館は、この街の中央図書館の名に相応しい立派なものです。

この街出身ではない僕たち三人やヴィンドから来たエリナちゃんだけではなく、体が弱く外出があまりできなかったニーベちゃんまで呆気《あっけ》にとられています。

ともかく、建物を眺めていても仕方がないので、馬を留めて建物の中に入りました。

そこはやはり、さまざまな本が収められている広大な空間です。

蔵書量だけでも圧巻ですね。

「すごいのです！　本がこんなにあるだなんて！」

「はい！　ヴィンドの図書館には行ったことがありますがこんなにたくさんの本はなかったです！」

「ふたりとも、感動するのは構いませんが図書館ではお静かに。周りの方のご迷惑になります」

「「はあい」」

僕たち五人は入館料を支払って図書館の中へ。

そういえば僕とニーベちゃん、エリナちゃんは錬金術の教本探しですが、残りのふたりは？

「アリアとリリスはなにをして過ごすんですか？」

「私は魔術書を探しに行って参りますわ。……こちらも望み薄のような気がいたします」

「私は料理本を。変わった料理があればスヴェイン様とアリア様にお出しできますので」

「わかりました。では別行動ですね」

「ええ。帰りの時間だけあわせておきましょう」

「そうですね。夕方五時くらいに帰れば問題ないかと。お昼は近くの食堂で済ませましょう」

「そうしましょうか。ふたりもいいですね？」

「問題ないのです」

「時間がたくさん使えて嬉しいです」

そういうわけで早速バラバラに分かれて行動開始したわけですが……錬金術の本はやはりというべきかなんというか期待外れですね。

なぜ、僕がセティ師匠から教わった〝錬金術の歴史〟では数百年も前の錬金術がいまも生きているのか不思議でなりません。

「先生、どうしたのです？」

「はい。本を少し読んだだけで難しい顔をして」

「え、ああ。ふたりはどの本を読んでみたいですか？」

「ええと、この本とあの本が読んでみたいのです」

「僕はいま持っている本三冊すべてを」

「では、ニーベちゃんの本は僕が取ってあげましょう。僕が読んでいた本も含め、閲覧コーナーで読んでみましょうか」

僕たちは蔵書を持って本の閲覧コーナーへ。

そして、眉をひそめたのは……ニーベちゃんとエリナちゃんでした。

「どうです。〝この国の教本〟を読んでみて？」

「……わからないのです」

「先生、『五大エレメントの相乗と相克』ってなんでしょうか？」

「ああ、それ。基本属性には五属性あるのは知っていますよね？　それらの属性同士で特定の属性を使う時にある属性を使うと効果を高める、あるいは効果を弱めるといった理論です」

「なるほど。説明されると……」

「ちなみに、僕の研究では相克関係が絶対ではないことがわかっています」

「え？」

「その本を読めばわかりますが、雷は水を弱めると書いてあるはずです。ですが、水属性のアイテムを作る時に雷の錬金触媒を使って雷属性のアイテムを混ぜた場合、実際に効果が高まる実例を何件も僕は知っていますよ」

「……先生、それってすごいことなのです」

「そうかもしれませんが、そんなことをまとめて論文にしても、この国では見向きもされないでしょう。実際に効果があるかすら試されないのは明白。それ以前に僕が実験するのも時間の無駄ですからね。わかりやすく言うと面倒くさいです。僕のいま行っている専門研究は、古代文明の知識を復元することですから」

「……それも初めて聞いたのですよ？」

「ボクたち、本当にすごい人に弟子入りしてたんだね」

「まあ、とりあえずそれらの本を読んでみなさい。〝この国の普通〟がわかるはずですから」

僕はふたりに持ってきた本を読むよう促しますが、ふたりとも最初の方を少し読むだけでやめてしまいます。

お互いに選んできた本を取り替えても同じで、また別の本を選んでくるということを繰り返している間にお昼の時間となり、アリアとリリスが呼びにきました。

そして、昼食を取りながらそれぞれの状況確認です。

「ふたりがその様子ですと、錬金術の本はどれもだめだったようですわね」

「アリアの方は？」

「役立たずですわ」

「リリスは？」

「この地方の食文化は学べました。帰ったらラベンダーとともに研究しないと、お出しできるほどの味になりそうにありませんが」

「まあ、そんなところでしょう。錬金術なんて師匠から教わった、数百年前の歴史がそのまま生きている状態ですから」

「……そこまででございますか、スヴェイン様？」

「酷かったですよ。ねえ、ニーベちゃん、エリナちゃん？」

「『魔力水を作りたければ命の水を使えばよい』とか書かれてあったのです……」

「あと、『ポーションの純度を高めたければ薬草を乾燥させて成分を凝縮させよ』とか……」

「なるほど。それは師匠から教わった数百年前の知識そのものですわ」

「先生、『命の水』ってなんです？」

「うーん。子供には教えたくないのですが、『蒸留酒』というアルコール度数を高めたお酒のことです。数百年前にはそれを使った魔力水作りが最もよいとされてきたそうですね」

「それって大丈夫だったのでしょうか？」

「さあ？　僕だって試したことがありません。それ以上に『アルコール』という不純物が混じっている水で魔力水を作るのです。結果はあまりよくないでしょう」

「それに薬草を乾燥させるのだって先生の教えと真逆なのです」

「ニーベちゃん。ボクなんてそれをやったら、ただのゴミになるって教わったよ？」

「薬草の成分を天日干しで凝縮する方法もあるにはあります。そのためには最適な濃度の魔力水にある程度の時間つけ込み、十分な魔力を浸透させてから干す必要があるので手順は教えません」

「……そんなこと、いま習っても覚えきれないのです」

「うん。新鮮な薬草だって生かしきれていないものね」

この子たちもきちんと考えているようでよかったです。

身の丈に合ったことをきちんと考えることって大切なんですよね。

「ですが、スヴェイン様。どうなさいますか？　このままではニーベ様とエリナ様の教本がありません」

「そうですわね。まずは錬金術を優先して覚えてもらうのは確定ですが、魔術書もいまから準備しておかないと困ります」

「そうなんですよね。錬金術のコーナーにあった本はほとんど目を通しました。最初の方だけしか読んでいませんが、それだけでも無価値とわかる代物だったので」

「先生たちから習ったことを反復練習するだけではだめなのです？」

「魔力操作や傷薬だけでもかなり時間がかかりますよ？」

それは確かにそうなんですが……知識の基礎固めもしてもらいたいんですよね。

この国の錬金術知識を与えてしまうと混乱させるだけで意味がありません。

なにかいい手段は……。

「スヴェイン様。だめ元で〝フォル＝ウィンド〟著の本がないか聞いてみましょう」

「リリス？」

「冒険者ギルドのギルドマスター、ティショウ様が一冊だけとはいえ所持していました。ひょっとするとこの国に入荷しているかもしれません」

「そうですわね。入荷していたら儲けもの、程度の気分で聞いてみましょうか」

「ですね。〝フォル＝ウィンド〟の本なら間違いがありません」

「先生。〝フォル＝ウィンド〟って誰です？」

「先生が疑いなく信頼する人って珍しいですね？」

「ああ、〝フォル＝ウィンド〟って僕の師匠のことなんですよ。本を書く時の名ですね」

「ですが、師匠が本を一般流通させるのは本当に気まぐれ。もし一冊でもあれば運がよかった、そういう次元の話ですわ」

「はい。私どもの故郷ですら手に入れることが困難な逸品。遠く離れた異国のこの地まで流通しているかどうか……」

「でも、先生の師匠なんですよね⁉」

「期待できそうです！」

弟子ふたりは期待していますが……本当にあるのでしょうか？

そう考えながら図書館に戻り、司書の方に〝フォル＝ウィンド〟の著作本がないかを聞くと、驚くべき回答が返ってきました。

「〝フォル＝ウィンド〟の本ですか？　あれを読みたいので？」

「え？　書架には並んでいなかったはずですが……」

「ああ。かなりの冊数を集めて並べたんですよ。ですが、この国のやり方とあまりにも違うということで人気がなく、書架から取り除きました。まったく、いくつもの国を越えて入荷したのに……いまでは廃棄予定本の中に入っています」

「廃棄予定本⁉　それでしたら、買い取ることもできますよね⁉」

「え、ええ。それは、まあ。ですが、あの本を買い取るんですか？」

「状態が悪くなければ是非に！」

「状態なんてほぼ新品ですよ。読む者も最初の数ページしか読まず、廃棄予定に入れる前に修魔法もかけましたから。それで、どの本をご確認しますか？」

「あるのでしたら錬金術学の入門編を。アリアは？」

「魔術書の入門編を。リリスはそれ以外の本の状態確認を手伝ってくださいな」

「かしこまりました」

「……よくそれらの本があることがわかっていますね。裏にしまってありますのでこちらにどうぞ」

司書さんに案内されて図書館の裏にある蔵書保管庫に案内されました。

そこに保管されていたのは……間違いなく師匠の本です！

それもこんなにあるなんて‼

「全部で何冊入荷したんですか？」

「錬金術学が入門編と初級編、各属性魔法の魔術書が入門編から中級編、それに宝石付与というよくわからない技術書が入門編と初級編。合計三十一冊です」

「よく揃えてくれました！　アリア、リリス！　手分けして状態確認です‼」

「ええ！」

「かしこまりました」

僕たち三人は手分けして全部の本にすり切れや破れがないかを速読で確認していきます。

さすがは修復魔法をかけられたというだけあって、どの本にも傷みはありませんでした。

僕たちが確認を終えた本の中で、錬金術学の入門編はニーベちゃんとエリナちゃんが熱心に読み込んでいますが……とりあえずいまはいいでしょう。

「それで、こちらの本でお間違いありませんか？」

「間違いありませんね、アリア、リリス」

「間違いありませんわ」

「ええ、間違いなく。〝フォル＝ウィンド〟様の著書でした」

「それではお買い上げいただけると？」

「ええ、もちろんです。ああ、でも〝今後〟の商談もしたいですし、この場で取引というわけには……」

「それでしたら、商談スペースに本を移動させて会計と商談とやらも行いましょう。しかし、これらの本も安くはないですよ？」

「構いません。遠く離れたこの地で〝フォル＝ウィンド〟の著書が手に入ることが大切なのですから！」

「わ、わかりました。おい、これらの本を商談スペースまで運べ！　くれぐれも傷をつけないよう丁重にな！」

さて、商談スペースとやらに移動して今回の商談と今後のお話です。

商談スペースにやってきた図書館の担当者は、切れ長の目をしたハーフエルフの女性でした。

「ようこそ。私はこの図書館の会計責任者を務めておりますオペラと申します」

「初めまして。僕はスヴェイン、旅の錬金術師です」

「同じく、スヴェイン様の恋人で相棒、旅の魔術師アリアですわ」

「スヴェイン様とアリア様の護衛を務めておりますリリスです」

「ニーベなのです」

「エリナと申します」

「本日はよろしくお願いいたします。なんでも〝フォル＝ウィンド〟の著書すべてを買い取りたいのだとか」

「はい。すべてを買い取らせてください」

「……失礼ですが、旅の錬金術師や魔術師の方がこれだけの本を持ち歩くのですか？」

「いえ、目的はそちらにいる弟子のニーベとエリナに与える教本ですので」

「そうでしたか。不躾な質問、お許しを」

「気にしていません。それで……」

「スヴェイン様、あなたは交渉が下手だと何度言えばわかるのです？」

リリスのプレッシャーがすごい……。

彼女に任せればいいんですね。

「オペラ様。ここからは私がお話を代行いたします。これらの本を輸入するにあたってかかった代金はいかほどでしょうか？」

「そうですね……元の費用が一冊金貨五枚。各国を渡る際の税金や護衛費用などで輸送費用が金貨十五枚。あとは保存費用として金貨五枚でしょうか？」

「なるほど。金貨二十五枚を三十一冊。合計金貨七百七十五枚。それを支払えばよいと？」

「あら、高かったでしょうか？」

「いえ、私が出しゃばる意味がありませんでした。スヴェイン様、問題ありませんよね？」

「ええ、想像以上に安かったです。お金はここに置いても？」

「え？　あ、はい」

「では、失礼して」

僕は机の上に白金貨七枚と金貨七十五枚を並べました。

これに驚いているのはニーベちゃんにエリナちゃん、オペラさんですね。

「これだけの本を即金で……」

「遠く離れたこの地で、これだけの本が手に入るというのはそれだけの価値があるのです。次、今後の商談です」

「は、はい。今後とは？」

「もし、まだ手に入るのでしたら、〝フォル＝ウィンド〟の著書を可能な限りすべて入手してください。錬金術学の中級編や上級編、各魔法の上級編、薬草学や植物学、魔物学、鉱物学、宝石学、とにかく今回手に入ったもの以外でしたら、なんでも構わないので購入をお願いいたします」

「え、ええ。わかりました。わかりましたが……当図書館にも予算というものが……」

僕は黙ってマジックバッグから白金貨四十枚を追加で積み上げました。

オペラさんは完全に顔が引きつっていますね。

「予算はこれを使ってください。一冊金貨四十枚前後なら鍛冶学や服飾学など各種生産技能だけではなく、近接戦闘学などの戦闘系技能を含めても足りるはずです。足りなかった場合は……」

「い、いえ。足りなければ当図書館で負担いたします。普段はどちらに？」

「季節に一度程度ですがネイジー商会の会頭、コウさんのお屋敷に来ることになっています。もし本が手に入ったならそちらにご連絡を」

「わ、わかりました。このお金はお預かりいたします。……最後にまた不躾な質問なのですが、〝フォル＝ウィンド〟氏とはどういうご関係で？」

「〝フォル＝ウィンド〟は僕の師匠です。師匠の教本がこの国で手に入るならこの程度の出費など安いもの。本の手配、どうかよろしくお願いいたします」

僕は一礼して立ち上がり、マジックバッグに本をしまって商談スペースをあとにしました。

師匠の教本がこんな大量に見つかるだなんて、とても幸運でしたね。

＊＊＊＊＊＊＊＊

「〝フォル＝ウィンド〟氏のお弟子さん。……表向きは人気がなかったことになっていますが、実際にはその内容を理解できなかった者たちがほとんど。なのに、それらの研究内容を受け継ぐ者。大変興味深いですね。……さすがにこの大量の白金貨には頭を悩ませますが」

＊＊＊＊＊＊＊＊

コウさんの家に戻る前にネイジー商会に寄って本棚を四つ買ってきました。

それらを設置する前に〝写本作り〟ですね。

「先生、本棚を四つも買ってきてなにをするのです？」

「はい。かなり大きめでしたが……ひとつあれば全部の本が収まりますよね？」

「ああ、これから写本を作って本棚に収めるんですよ。アトリエにニーベちゃんとエリナちゃん用に一冊ずつ、ニーベちゃんとエリナちゃんの私室にも一冊ずつですね」

「先生⁉　写本って⁉」

「そうです！　本屋や図書館で売られている本には【写本禁止】のエンチャントが施されていて、無理に写本魔法で写本を作ろうとしたら原本が……」

「ああ、師匠の【写本禁止】エンチャントなら、外し方を習っていますから」

「「え？」」

「いずれ必要になる時が来るかもしれないということで教わっておりましたの。本当に使う日が来るだなんて夢にも思いませんでしたが」

「というわけで、まずは三十一冊の【写本禁止】エンチャント剥がしです。それが終わったらそれぞれ四冊ずつ写本を作製、すべてに【防水】や【耐火】、【すり切れ防止】、【破れ防止】、【写本禁止】などのエンチャントを施します。原本は【写本禁止】のみ外しておきますが……僕たちが持ち歩いても構いませんよね？」

「は、はいです。先生たちが買ったものなのです」

「う、うん。一冊金貨二十五枚の本なんてボクたちには怖すぎます」

「あなた方でも半年後には買えるようになりますよ。ではアリア、サクサク始めましょう。冊数も多いですし」

「そういたしましょうか。ニーベちゃんとエリナちゃんは、リリスを案内して本棚を置く位置を決めておいてくださいな。本棚はリリスのマジックバッグにしまってあります。先に設置してしまいましょう」

「わ、わかったのです」

「先生たちもお気をつけて……」

「ええ」

「はい」

さて、写本作りですが……さすがに百冊以上作りすべてに保存系エンチャントを施すのには苦労しました。

本棚を設置して戻ってきたふたりが僕たちの客室に積まれた本の山に驚き、早く読みたがっているのもわかっていましたが、保存系エンチャントなしで読まれて破けたりしたら、また作る数を増やさなければなりませんからね。

もう少しだけ我慢してもらい、保存系エンチャントが終わった本からふたりは早速食いつくように読み始めましたよ。

そんなに待ちきれなかったんですね。

【第13章】次に会うその日までの宿題

教本を買ってきて以降、ニーベちゃんとエリナちゃんは僕の指導時間以外、ほとんどの時間教本を読みふけるようになってしまいました。

明後日にはもう僕たちが帰ってしまうため、いまのうちに質問できることはすべて聞いてしまいたい、というのが本音なのでしょう。

「ニーベ、エリナ。食後のお茶の時間くらい本を読むのをやめなさい。さすがにマナーがなっていない」

「それはわかっているのですが……」

「スヴェイン先生たちが明後日にはいなくなってしまうと思うとつい……」

「申し訳ありませんわ。ふたりとも、あの調子でして……」

「僕たちは気にしていません。むしろ、帰る間際に滑り込みで聞かれるよりもはるかにいいですから」

「はい。それでは満足に答えられるかわかりませんもの」

「それならいいのですが……」

ハヅキさんもマオさんもこのふたりの様子には困っているようですね。

ただ、僕としてはあまり注意もできませんし……どこか別室にでも移動しましょうか。

「ニーベちゃん、エリナちゃん、アトリエに移動しましょう。食堂で読んでいては皆さんのお邪魔になってしまいますよ」

「わかったのです！」

「はい！」

「あらあら、元気なものですね」

「本当に。教え甲斐のある弟子でしょう」

「それでは僕はふたりの勉強をアトリエで見てきます。お先に失礼いたしますね」

「うむ。ニーベとエリナを頼んだ」

「お願いいたしますわ」

「はい。元気になってからというもの、少々お転婆《てんば》になってきましたから」

「元気なくらいがちょうどいいですよ。それでは」

　僕は待ちきれない様子の弟子ふたりを連れてアトリエへと移動します。

　今日はなにを質問されますかね？

＊＊＊＊＊＊＊＊

「……うむ。行ってしまったな」

「本当に。ニーベが元気になってよかったですわ」

「はい。元気になりすぎた、とも言えますが」

「それは申し訳ありません。教え甲斐があるものでして」

「そうですね。まだ昔のスヴェイン様とアリア様ほどではありません。ですが、いつかはそうなるかもしれません」

「リリス、それって制御不能になるという意味ですの？」

「止めても聞きませんでしたよね、おふたりとも」

「……それは事実ですが、もう少し言い方を」

「アリア嬢もリリス嬢には勝てないか」

「……幼い頃から一緒でしたので、人間関係では遠く及びません」

「あら、それくらいでいいのですわ」

「ええ、スヴェイン様とアリア様はいろいろと強すぎますもの」

「はい。ストッパーがいないとどこまでも突っ走ります」

「リリス、言い方……」

＊＊＊＊＊＊＊＊

アトリエに着いたあと、早速質問をしてきたのはエリナちゃんでした。

なにを聞きたいんでしょう？

「先生、錬金術の入門書だけではなく魔術関係の入門書にも魔力操作について細かく教えが書かれていました。魔力操作とはそんなに大切な技術なのですか？」

「はい。魔力操作ができないと魔力を扱うすべての技術を行う上で支障が出ます。錬金術はもちろん、魔法もそうですし、今回は教えなかった付与術にも大きく影響が出ますね」

「付与術はなんで教えてくれなかったのです？」

「ニーべちゃんですらまだ魔力操作の練度不足だからですよ。次に来た時には教える予定ですので、それまでに魔力操作をしっかりと鍛えておいてください」

「「はい！」」

「結構。他に聞きたいことは？」

「魔力操作が大切だとは書いていましたが、その練習方法が中途半端なのです。最初のうちは魔力を感じ取れるようにする。それに慣れたら、体外に魔力を放出する。最後は魔力を渦にしてみる。ここまでしか書かれていないのですよ。先生たちが教えてくれたように、魔力を球体にしたり、それを大きくしたり小さくしたりして鍛える方法までは書いていません」

　ああ、なるほど、師匠の悪い癖がこんなところにまで。

「すみません。それは師匠の悪癖です。師匠は基本的なことは教えてくれるのですが応用技術は聞かれないと教えてくれないんですよ。創意工夫と先人に学ぶ姿勢が大切だ、と言って」

「でも先生、本には質問できませんよね？」

「もちろんできません。師匠もそこのあたりはどう考えて記しているのか」

「先生の師匠も完璧な人じゃないのです」

「そうなります。僕のいない間は本の通りにやってみてください。発展系や試してみたいことは次に僕が来た時に聞いてくれれば教えてあげます」

「本当ですね⁉」

「ええ、約束しますよ。なので、まずは基礎固めを」

「「はい！」」

その後もふたりの質問攻勢は寝る時間まで続き、意欲的に学ぶようになっていっていることがよくわかります。

やっぱり、師匠の教本が手に入ったことは大きいですね。

＊＊＊＊＊＊＊＊

さて、コウさんのお屋敷に滞在する最終日となりました。

今日はふたりに各分野の宿題を出していきましょう。

まずは〝薬草栽培〟から。

「ふたりとも、薬草栽培は順調なようですね」

「はいです。まだ眠いですが……」

「頑張って慣れていきます」

「結構。それでは僕が次、この家を訪れるまでの間にこなしていただきたい課題です」

「課題なのです？」

「なんでしょうか？」

「はい。〝高品質な薬草〟を採取できるようになっていてください」

「〝高品質な薬草〟なのです……」

「具体的にどうすれば？」

「土壌改良はこのまま薬草栽培を繰り返してください。与える水を〝高品質な魔力水〟に変えれば、いずれ〝高品質な薬草の葉〟や〝高品質な薬草の種〟が採れるようになります。そこを目指してください」

「〝高品質な魔力水〟なのです……」

「ボクたち、そこから始めないと……」

「〝高品質な魔力水〟の作り方も教えていきますよ。薬草の採取が終わったら一休みしてきてください。朝食を食べ終わったら高品質な魔力水の作り方を教えます」

「「はい」」

さて、第一の課題はこれで十分ですね。

次の課題は朝食後です。

＊＊＊＊＊＊＊＊＊

「さて、次は〝高品質な魔力水〟の作り方です。朝の課題をこなすためには必要ですから、これを覚えなければ始まりませんね」

「うう……緊張するのです」

「ボクも……緊張する」

「まあ、〝高品質な魔力水〟ってそんなに難しくないんですよ。作り方を教えていなかっただけで」

「「え？・」」

「少なくともニーべちゃんなら量産できます。エリナちゃんは魔力操作を要練習ですね。では作り方を。普通の魔力水を作る時よりも魔力を多めに、それでいて優しく注いであげなさい。それだけでできますから」

「……それだけなのです？」

「ものすごく簡単なような」

「ニーべちゃんなら楽勝、エリナちゃんは魔力操作が難しいです。さあ、やってみなさい」

早速ふたりは試してみたようですが……うん、予想通りの結果になりましたね。

「あ、本当に高品質な魔力水ができたのです」

「ボクはだめだった。これが魔力操作の差」

「エリナちゃんはわかったのでしたらもっと魔力操作の練習をするように。ニーべちゃんも気を抜かないでもっともっと鍛えてくださいね」

「「はい！」」

「よろしい。では〝魔力水の課題〟です。お手本として飾ってあるその魔力水。それは、僕が作ったとある性質を持った最高品質の魔力水です。〝それになるべく近い色の魔力水を安定して量産できる〟ようにしなさい」

「この色に近づけるのです……」

「ということは高品質以上じゃないとだめ……」

ここでもしっかりと意味をくみ取ってくれているようで素晴らしい。

もうひとつの課題も発表しましょうか。

「さて、今回残していく最後の課題になります」

「最後の課題です？」

「三つだけですか？」

「僕は魔力操作以外、三つしか教えてないですから。三つ目の課題は〝傷薬の安定生産〟です。といっても売るほど作る必要はありません。このお屋敷で働いている使用人に配るだけの量を作りなさい」

「たったそれだけなのです？」

「もっと難しいものかと」

「できれば高品質品を配ってあげてください。意味はわかりますね？」

「……高品質な薬草です」

「……ちっとも楽じゃなかった」

「あとは……ちょっとだけ面白い技術を教えて上げましょう」

僕はマジックバッグから花を取り出します。

それとは別に魔力水を作製。

そのあと、魔力水の中に茎の部分を切り落とした花を漬けました。

「先生、なにをしているのです？」

「魔力水に花？」

「まあ、見ていてくださいませ。これをもう一回錬金術で混ぜ合わせると……」

魔力水の中に漬かっていた花が消えてなくなりました。

それと同時に魔力水からほのかな香りがただよい始めます。

「あ、なんだかいい香りがするのです」

「先生、これって？」

「〝香油〟というものです。これを使って傷薬を作ると……」

薬草の葉を香油の隣に置き錬金術で傷薬にしました。

そして、できた傷薬の匂いをふたりにかいでもらいます。

「さっきのお花の香りなのです！」

「先生、すごいですよ！」

「こういう風に香油から傷薬を作ると、香油の香りがついた傷薬ができます。個人の好みもあるでしょうから万人受けはしないでしょう。これから冬になっていくと花も手に入りにくくなるでしょうし、余裕のある時だけ作って渡してあげなさい」

「私の家のお庭なら冬もお花が咲いているのです！」

「じゃあ、それを少しだけ使わせてもらおうか！」

「庭師の方に相談なのですよ！」

「うん！」

この街では果物が少々高かったですからね。

果物の果汁を搾《しぼ》って作る方法も教えてはおきましたが、あまり使わないようにさせましょう。

錬金術の実践はここまで。

ポーション作りはしないように厳命しておきます。

ふたりとも不満げでしたが……その意味にも気付いてくれていると嬉しいですね。

また、アリアからも、錬金術の宿題をこなす間で余裕があれば、少し魔法の練習をするようにと宿題を出されていました。

できれば、全属性の入門編くらいは読んでおくようにという指示でしたので、ふたりには頑張っていただきましょう。

さて、帰る前の宿題はこれくらいでしょうか。

次に会う時どこまで成長しているのか、楽しみです。

【エピローグ】先生の課題

「スヴェイン先生、アリア先生、リリスさん。本当に行ってしまうのですね……」

「もっといろいろ教えていただきたかったのに……残念です」

「ニーベもエリナも三人をあまり困らせるな。宿題も出されたのだろう？　それに二カ月ほどあとにはまたやってきてくれるそうだ。それまでに宿題を終わらせる方法を考えねば」

「はいなのです……」

「わかっております、コウ様……」

うーん、ふたりは残念そうですがそろそろ僕たちも戻らねばいけません。

エリナちゃんの問題を解決するために二週間ばかりコウさんの屋敷を留守にしていたとはいえ、もうすぐ一カ月近く経つんですよね。

また、次に来た時には進捗状況を見て宝石付与も教える予定です。

そうなると、僕もふたりのための付与板を用意してあげないといけません。

アリアも師匠の本を読み直し、自分の経験を踏まえた上で、最初期の指導方法を見直しするそうですし、やることは山積みです。

リリスだって僕たちのサポートにまわっていただかねばなりませんから、今後二カ月は研究をほとんどできないかもしれませんね。

ただ、弟子を育てるというのも悪くないのですが。

「先生たち、本当に二カ月くらい先にはまた来てくれるのですよね？」

「心配せずともその予定ですよ。僕たちもあなた方に教えていない技術は山ほどあります」

「魔法なんて入り口すら教えていませんもの。冬に来た時にはそちらも始めますよ？」

「ニーベ様もエリナ様もまだ入り口にすら立てていません。それをご自覚し自己鍛錬を」

「……はいなのです！　次に来るまでに宿題は全部終わらせます！」

「ボクもです！　なので、必ずまた教えに来てください！」

「ええ、あなた方が努力し続ける限り放り出すことはしません」

「ですが、怠《なま》けるようになるのでしたら二度と教えには来ませんわ」

「ニーベ様もエリナ様も学習を続ける上で壁にぶつかることはあるでしょう。そこでもがくことと怠けることとは違います。それを間違えないように」

「「はい！」」

別れのあいさつはこれくらいで大丈夫でしょう。

さて、そろそろ出発しますか。

「それでは皆さん、また次の機会に」

「ふたりとも、頑張ってくださいね」

「お体にはお気をつけて。体調を崩せばそれだけ学習も遅れます」

「先生たちも気をつけて！」

「またお目にかかれる日を楽しみにしています！」

別れのあいさつも済み、僕たちはそれぞれの聖獣に乗ってコウさんの屋敷をあとにします。

次にやってくるのは冬。

毎年風邪が大流行するというのが気になりますし、風治薬は数十万単位で作ってこなければいけませんね……。

＊＊＊＊＊＊＊＊＊

「……行っちゃったのです」

「……うん」

「そう寂しそうな顔をするな。普通、旅の教師となると半年や一年に一度というのも珍しくないのだぞ。それなのに、また二カ月後には様子を見に来てくださる。宿題がまったくできていませんでは見放されるぞ」

「……それもそうなのです！　早速アトリエに戻って魔力水と傷薬作りなのですよ！」

「うん！　そうしよう、ニーべちゃん！」

「ニーべも本当に元気になったものだ。エリナも頑張っている。あの三人には本当に感謝だな」

＊＊＊＊＊＊＊＊＊

「お帰りなさーい！」

コンソールの街からある程度離れたところで透明化をして擬態を解き、ラベンダーハウスまで帰還しました。

　そこでは家精霊のラベンダーが待っていてくれましたね。

「ただいま、ラベンダー」

「何か変わったことはありませんでしたか、ラベンダーちゃん？」

「特にないよ。ああ、でも、聖獣さんはまた増えたみたい」

「またですか……」

「際限なく増えておりますわ……」

「……もう諦めましょう、スヴェイン様、アリア様。ここは聖獣郷なのですから」

「……そうしましょうか、リリス」

「……さて、私どもも旅装を解いて、次にふたりを教えに行く時の準備をせねば」

「切り替えが早いですね、アリア」

「……聖獣たちが増えることについては考えるだけ時間の無駄ですわ」

「……それもそうですね。ウィングたちはどうしますか？」

『久しぶりに空の散歩をしてくるよ』

『私は草原を走ってくるわ』

『我もそうしよう。窮屈な場所に長い間いるのは疲れた』

「皆さんすみませんでした、普通の馬のフリをしていただいていて」

『なにかあった時に困るからね』

『そうそう、気にしないで』

『契約主を守れないなど、契約聖獣の恥以外なにものでもない』

「ありがとうございます。存分に羽を伸ばしてゆっくり休んできてください」

僕は思い思いに駆け出していく三匹を見送り、ラベンダーハウスの中に戻ります。

どうやらリリスはコンソールの図書館で見つけた料理をラベンダーと研究するようですし、アリアは師匠の本を読み直すようですね。

僕も錬金術学と宝石付与の本を読み直さねばいけませんし、ふたりが宝石付与で使う付与板の作製、コンソールで大流行するという風邪に対抗するための風治薬作りとやることは数多く、自分の研究の時間が取れるか怪しいものです。

成り行きとはいえ弟子を取ってしまった以上、投げ出すつもりもありません。

しっかり面倒を見ていきましょう。

ともかく次に会う予定は二カ月後。

季節は冬、風邪を引かずに頑張っていてもらいたいものですね。

［挿話］私たちの先生

「うん！　今回も高品質魔力水完成なのです！」

「いいなぁ、ニーベちゃんは。ボクはまだ確実に高品質にならないよ」

「魔力操作の練習量の差なのです！　そこだけは負けません！」

「ボクも〈魔力操作〉スキルのレベルは上限になったんだけど、まだまだかぁ……」

先生たちが私の屋敷をあとにして一カ月半が経ったのです。

出された宿題のうち、〝薬草栽培〟は終了、〝魔力水の色〟もかなり近づいてきました。

傷薬も薬草が高品質になってから、高品質な傷薬が渡せるようになって、屋敷の使用人さんたちからとっても感謝されているのですよ！

お父様からは「勝手に売りに出されないように渡す個数は調整せよ」と指示されているので、作ってもマジックバッグにしまわれたままの傷薬も多いのですが……。

「それにしても魔力水作りも気をつけないと危ないのです。魔力を込めすぎたら爆発するなんて知らなかったのですよ」

「うん、普通はそこまで魔力を注がないよ？」

「でも、実験はやめられないのです！」

「いや、その気持ちはわかるけど……」

先生からは魔力を優しくたくさん注ぐと高品質な魔力水になると教わったのです。

じゃあ、なにも気にせずたくさんの魔力を注ぐとどうなるか実験したところ、向こう側すら見えないほど真っ青な魔力水ができました。

それよりも多く魔力を注いだらどうなるかも興味があって試したのですが……水が爆発して天井まで噴き上がったのです……。

ものすごく大きな音も響き渡り、周囲もびしょ濡《ぬ》れにしてしまったのでお母様にも気付かれて、とっても怒られました。

どれくらい注ぐと爆発するのかも何度も試して、そのたびに怒られてきましたが……やっぱり実験はやめられないのです！

「それにしても〝蒸留水〟に〝魔力操作〟、〝魔力水の正しい作り方〟、どれもヴィンドじゃ教えてもらえなかったことばかり。本当にスヴェイン先生ってすごいや」

「そこは先生に恵まれたことを感謝するのです。スキルレベルだって面白いようにすいすい上がっていっているのですよ」

「そうだよね。……でも、そうなると〝ポーション〟が作ってみたくなっちゃう」

「……気持ちはわかるのですが、多分だめなのです。先生は〝傷薬〟までは教えてくれたのです。でも〝ポーション〟は教えていってくれませんでした。先生からいただいた教本を見る限り、作り方だってほとんど一緒なのです。それなのに教えてくれなかったのには意味があるはずなのですよ」

「……だよね。ヴィンドにいた頃は軽い気持ちでポーションを作りたがっていたけど、いまはなにかが違うような気がしてならないもの」

「はい。なにかが違うのです。なにかが……」

得体の知れない〝なにか〟。

よくわからないけど必ず〝なにか〟があるのです。

それも宿題なのですかね……。

＊＊＊＊＊＊＊＊

「ふむ、なるほど。出された宿題のうち、〝高品質な薬草栽培〟と〝傷薬の安定生産〟はふたりともできるようになっているか」

今日も夕食が終わっての成果報告の時間、お父様から質問を受けたのです。

エリナちゃんは最初の頃こそ恐縮していたのですが、最近は慣れてくれました。

「はい。ボクも傷薬は作れています。ニーベちゃんみたいに〝高品質な傷薬の安定生産〟はできていませんが……」

「エリナちゃんは魔力操作の練度不足なのです。それが魔力水の品質にも表れています。そこをもっと鍛えないとだめなのですよ」

「厳しいわね、ニーベは」

「そうですわね、お母様。病弱だったニーベがここまで変わるだなんて想像していませんでした」

「それも含めて悪いことではない。そうそう、お前たち。明日は『金翼紫』のアトモ様をお招きすることになっている。一言二言でよければ助言もいただけるそうだ」

「お父様そんなの必要ないのです！」

「はい！」

『金翼紫』とはこの国の最高位錬金術師のことなのです。

つまりそのアトモ様はこの国の最高位錬金術師のひとりなのですよ。

でも、先生の錬金術はこの国の錬金術とやり方が違うのです！

余計な口出しはされたくありません！

「そう反発するな。スヴェイン殿が優れた錬金術師なのは知っている。だが、他の方の意見を聞くことも悪くはあるまい」

お父様はなにもわかっていないのです！

この国の〝時代遅れな〟錬金術師なんて必要ないのですよ！

ともかく、そのアトモ様とやらが来ることは決まってしまったようですし、邪魔だけはされたくないのです！

＊＊＊＊＊＊＊＊＊

「アトモ様、ようこそおいでくださいました」

お父様が招き入れたアトモ様は三十代くらいの男性なのです。

金の刺繍《ししゅう》が入った紫色のローブで全身を覆い隠していますが、太ってはいません。

この金の刺繍に紫色のローブが『金翼紫』の証明らしいのですよ。

「うむ。出迎え感謝する。だが、私も時間が惜しくてな。申し訳ないが、少し指導したらすぐに去らせていただく」

「かしこまりました。指導していただくのは私の娘ニーベと友人のエリナになります」

「わかった。早速だがアトリエに案内してくれ」

「はい、こちらです」

お父様がアトモ様を私たちのアトリエに案内すると、アトモ様がアトリエを見て感心したようにつぶやいたのです。

「ほう。若いのに感心したものだ。部屋中が燃えにくいものだけでできており、高度な機材も存在しない。あるのは初心者向けの錬金台と水回りの設備くらい。この選択肢は非常に正しい」

「やっぱりそうなのですか？」

「うむ。錬金術は最初期こそ安全なものばかりだが、中級以上になれば毒物も取り扱う。燃えやすい敷物に毒物をこぼし発火するなど、金持ちの錬金術師ではよく聞く話だ」

「私の先生も昔は小火《ぼや》を何度か起こしたことがあるそうなのです。その経験から燃えやすいものは基本的にアトリエ内には置かないようにと指導され、設計したのです」

「いい師匠だな。そちらの扉は別の部屋に続いているのか？」

「はいなのです。いまはほとんど使っていませんが資料置き場と素材倉庫になる予定なのです」

「……本当によく設計されたアトリエだ。それで、普段はなにを作っているのだ？」

「普段作っているのは〝蒸留水〟に〝魔力水〟、〝傷薬〟なのです」

「〝蒸留水〟と〝魔力水〟と〝傷薬〟？　たったそれだけか？」

「はいなのです。許可されているのはそれだけなのです」

「蒸留水を錬金術で作るなど初めて聞いたぞ？」

「先生からは最初に蒸留水を習ったのです。理由も先生からいただいた教本に載っていました。

『魔力水の品質を上げるには水の純度を上げなければいけない』そうなのです」

「湯冷ましや濾過水は？」

「それだとまだ足りないそうなのです。実際、湯冷ましを濾過しただけでもたくさんゴミが入っていました。そう考えれば濾過水だって水以外がたくさん入っているはずなのです」

「なるほど、理にかなっている。では、魔力水を作っている理由は？」

「先生からの宿題なのです。可能な限り先生が作った最高品質の魔力水の色に近づけろという」

「最高品質の魔力水だと？　それはどこに？」

「あそこにあるのです」

私は自分の机の上に置いてあるクリスタルの瓶を指さしたのです。

それを見て驚いたのはアトモ様でした。

「な……確かに〝最高品質の魔力水〟。最高品質の魔力水とはここまで鮮やかな色になるのか？」

「先生が作った場合はそうなるのです。私が作ると高品質ですが薄い青にしかなりません」

「……高品質魔力水を作れるのか？」

「作れるのですよ？」

「……試しに作ってもらっても構わないだろうか」

「はいです。蒸留水からになりますが構わないでしょうか？」

「構わない。始めてくれ」

私は蒸留水を作って問題がないかを鑑定すると、すぐに魔力水の作製に移ったのです。

いつも通り、水を攪拌しながら魔力を混ぜ込むイメージで……できた！

私の魔力水はいつも通りの青色、高品質魔力水なのです。

「なに？　本当に高品質魔力水？　ニーべといったか、君は錬金術を習い始めて何年だ？」

「ええと……まだ二カ月経っていないのです。それまでは病気で寝込んでいました」

「たった二カ月で高品質魔力水を？　失礼だが『職業』は【錬金術師】か？」

「違うのです。私は【魔術士】なのですよ」

「【魔術士】がたった二カ月で高品質魔力水を作る……素晴らしい！　君の師匠に会いたいくらいだ！　たった二カ月で【魔術士】にこれだけの錬金術を教えるなど！　いまの錬金術師どもは基本を疎かにするあまり高品質アイテムなどほとんど作れやしない。君たちはその師匠にこのまま ついていきなさい！　道を違えることは決してないはずだ！」

やったのです、先生が褒められたのですよ！

私が褒められたことなんかより、先生が褒められたことがとっても嬉しいのです！

「しかし、その腕前があれば高品質ポーションも作れるのではないか？　高品質ポーションはかなりの高値で売れる。裕福な家とはいっても、錬金術の修行に金はいくらでもかかるぞ。いまのうちから金を貯めておくべきではないのかな？」

「そ、それは……」

確かにそうなのです。

私やエリナちゃんは薬草栽培をしているから薬草代がかかっていないだけ。

もっと上位の錬金術を扱うようになれば高価な素材も買う必要が出てくるはず。

でも、先生は〝傷薬〟は教えてくれて〝ポーション〟は教えてくれなかったのです。

そこにある〝なにか〟、その差は……。

「ん!?」

「どうした!?」

先生が教えてくれた〝傷薬〟と、教えてくれなかった〝ポーション〟の差。

それに気がついてしまったら気持ちが悪くなったのです……。

「申し訳ありません……ポーションは私にはまだ早すぎるのです……」

「早すぎる？　どういう意味だ？」

「〝傷薬〟は深くても多少の切り傷程度にしか使いません。でも、〝ポーション〟は冒険者さんたちが命をかけるような場面で使うお薬なのです。私はまだそこまでの覚悟がないのです……」

「……なるほど。では、そちらにいる……エリナといったか、君はどうだ？」

「……申し訳ありません。ボクもポーションを作る自信がありません。自分の薬に命をかけてもらうのはまだ早すぎます」

「……なるほど、そこまで考えられるか。師匠も素晴らしいが弟子も素晴らしい。ポーションとは命を預ける薬だ。君たちの師匠がポーション作りを教えていないのならば、君たちの中にまだその覚悟を見いだしていなかったのだろう」

「……きっとそうなのです。軽く考えすぎていました」

「……はい。ボクも次の段階に進みたいとばかり」

「いや、焦ることはない。君たちは君たちの師匠が指し示す道を行きなさい。先人の愚痴に付き合わせるようで悪いが、私にはそんな優れた師匠などいなかったからな……」

「そうなのですか？」

「ああ。私はこの国のやり方に反発し、ほぼ独学で錬金術を修めてきた。この街へやってきたのも優れた技術者〝フォル＝ウィンド〟氏の著書があると聞いてなのだが、廃棄予定になっていたところをすべて旅の錬金術師が買って行ったそうで、手に入れられなくてな……」

ん？

〝フォル＝ウィンドの著書〟？

「ねえ、ニーベちゃん。それって……」

「……はいです。私たちの教本のことなのです」

「なに？」

「アトモ様、隣の部屋にボクたちの教本がしまってあるので、読んでいってください……」

「先生から譲っていただいたものなので勝手にお譲りはできないのです。読んでいっていただく分には構わないのです……」

そのあと、アトモ様はとても感激しながらすべての本を一文字たりとも読み逃さないようにじっくりと調べていったのです。

先生なら原本も持っていると告げたのですが、スケジュールが合わないらしくお帰りになりました。
ともかく、私たちの進む道が間違っていないことは教えていただけたのです！
先生たちが次に来るまであと少し、もっと頑張るのですよ‼

聖獣とともに歩む隠者 2

～錬金術で始める生産者ライフ～

本書に対するご意見、ご感想をお寄せください。

あて先

〒162-8540 東京都新宿区東五軒町3-28
双葉社　モンスター文庫編集部
「あきさけ先生」係／「ヤミーゴ先生」係
もしくは monster@futabasha.co.jp まで

ノベルス

聖獣《せいじゅう》とともに歩《あゆ》む隠者《いんじゃ》　～錬金術《れんきんじゅつ》で始《はじ》める生産者《せいさんしゃ》ライフ～②

2023年3月1日　第1刷発行

著　者　あきさけ

発行者　島野浩二

発行所　株式会社双葉社
〒162-8540　東京都新宿区東五軒町3番28号
[電話] 03-5261-4818（営業）　03-5261-4851（編集）
http://www.futabasha.co.jp/（双葉社の書籍・コミック・ムックが買えます）

印刷・製本所　三晃印刷株式会社

[電話] 03-5261-4822（製作部）
ISBN 978-4-575-24590-5 C0093　

Mノベルス

おいてけぼりの錬金術師
Oitekebori no Renkinjutsushi
ている
Illust. 布施龍太
魔王を倒すため、女神により異世界に召喚された勇者達は、犠牲をだしながらも何とか魔王を倒し、生き残った全員がもとの世界に帰った……はずだった。しかし、彼らとともに帰るはずだった錬金術師の光道長は、送還の時に女神の力をも弾いてしまう鉄壁の工房で調合をしていたため、異世界に一人おいてけぼりにされてしまい……。おいてけぼりにされた異世界で生き抜く生産ファンタジー、ここに開幕！

発行・株式会社　双葉社

Mノベルス

稀代の天才科学者である天地海人。彼はある日目覚めると異世界に転移していた。海人が手に入れたのは、『創造』という一度見たもの（植物以外の生物を除くほぼすべて）を作り出せる希少な魔法。女傭兵ルミナスに助けられ、彼女と同居しつつ、創造魔法を活用してお金を稼ぎ、平穏で楽しい日々を過ごしていた海人だったが、様々な騒動に巻き込まれていき……。類まれな頭脳と創造魔法を駆使して敵を蹂躙！　運動神経とネーミングセンス以外は完璧な、天才による異世界ファンタジーここに開幕！

発行・株式会社　双葉社